KB080127

악커만, 신의 법정에서 죽음과 논쟁하다

악커만, 신의 법정에서 죽음과 논쟁하다

Der Ackermann und der Tod

Johannes von Tepl

요하네스 폰 탭플 지음 · 윤용호 옮김

종문화사

머리글

독일 최초의 산문 작품이자 최초의 인문주의 작품인 『뵈멘의 악커만』은 1400년 초반의 작품이다. 뵈멘은 오늘날 체코 지역이다. 저자는 뵈멘에 있는 자츠 시의 문서 정리인 직업을 가졌던 요한네스 폰 텝플이다. 그의 부인 마르가레타가 1400년 8월 1일 산후욕으로 사망한다. 이것이 작품을 쓰게 된 동기로 전해지고 있다. 사랑하는 아내의 때 이른 죽음에 큰 충격을 받아 아내를 데려간 '죽음'을 '신'에게 고소하고 그의 원칙 없는 행동을 비난하면서 소리 높여 논쟁을 벌이는 내용이다. 주인공 악커만은 글자 뜻 그대로 농부를 가리키는 말이 아니라 깃털로 된 펜을 가진 인간, 즉 학식과 개성이 있는 인간 혹은 인문주의자란 의미를 담고 있다.

『뵈멘의 악커만』은 암흑의 시대라 부르는 중세의 신과 죽음의 세계에 인간의 과감한 등장이 특색을 이루고 있다. 위 제목은 레크람 판에서 펠릭스 겐츠머에 의해 현대 독일어로 번역되면서 『악커만과 죽음』(Der Ackermann und der Tod)으로 바뀌었다. 전편은 34장으로 되어 있는데, 1장부터 32장까지는 악커만과 죽음의 논쟁으로 되어있고, 33장은 신의 판결, 34장은 아내의 영혼을 위한 악커만의 기도로 되어있다. 1장부터 32장은 2개의 부분으로 나누어진 내부 구조를 가진다.

우선 1장부터 16장에는 8개의 대화 장면으로 죽음은 오직 힘의 객관적인 필연성을 강조하고 있고, 악커만은 주관적이고 개인적인 분노로 맞서고 있다. 죽음이 강조한 그의 힘의 객관적 필연성은 죽음의 불가피성(6장)을, 지구를 인구과잉에서 보호하기 위한 필연성(8장)을, 개인이 죽음의 관점 아래 임의적으로 해체되는 상황(10장)을, 행복이 끊임없이 불행으로 돌변하는 상황(12장)을, 인간 존재의 견디기 어려운 긴 삶이 도움이 되지 않는다는 논쟁이 덧붙여진다.(14장) 죽음의 자기 정의로 이 부분이 끝난다.(16장) "죽음은 무(無)다. 그렇지만 어떤 것이다. 죽음은 삶도, 본질도, 형체도, 주체도 소유하지 않기 때문에 무다. 죽음에겐 정신이 없고 또 볼 수도 잡을 수도 없기 때문에 무다. 그러나 죽음은 삶과 존재의 끝이요, 존재 없음의 시작이기 때문에 또한 어떤 것이다."

다음 17장에서 32장까지의 논쟁은 변화된다. 죽음의 불공평(17~18장)을 다시 한 번 다룬 후에 악커만은 죽음에게 지상에서 죽음을 어떻게 다루어야 하는지 조언을 청한다.(19장) 중세 후기 죽음에 대한 기본 입장들이 명료하게 설명된다. 죽음은 격정을 안정시키는 스토아 철학을 논쟁으로 끌어들이고,(22장) 악커만은 슬픔과 죽은 아내가 살아 있었던 추억에 대한 욕망을 인간의 기본권으로 표현하고 인문주의 특징으로 중요하게 강조한다.(23장) 마지막 대화 부분에서 서로 다른 입장에서 본 인간 문제(24~25장) 그리고 적당한 삶의 형태에 대한 문제가 토론된다.(27~30장) 죽음이 점성술에 의존해서 인간 존재를 죄 많고 타락하고 불결한 것으로 평가하는 반면,(24장) 악커만은 인간을 신의 숭고한 창조물이라고 강조한다.(25장) 이 차이에서 남자는 홀아비로서 새로이 결혼할 것인지, 수도원에서 신앙생활을 할 것인지 질문한다.(27장) 죽음은 시종일관 여성 혐오증

악커만, 신의 법정에서 죽음과 논쟁하다

환자의 모습을 발전시킨다.(28~30장) 한편 악커만은 문학적으로 많은 교육을 받은 부인의 가치를 강조한다.(29장) 두 주인공은 신에게 논쟁의 판결을 청원한다.(31~32장)

그래서 신은 다음과 같은 중재 판결을 내린다.(33장) "그래서 고발 자에겐 명예를! 죽음에겐 승리를 허용하노라! 모든 인간은 죽음에게 삶을, 다시 말해 지상에서의 육신을 넘겨줄 의무가 있고, 영혼은 우리에게 넘겨줄 의무가 있다." 마지막으로 악커만은 죽은 아내의 안식을 신에게 간절히 간구하면서 끝을 맺고 있다.(34장)

윤 용 호

제1장

악커만

　　사람들을 잔인하게 제거하는 자, 모든 존재들을 비열하게 추방하는 자, 인간들을 끔찍하게 살해하는 자, 그대 죽음이여, 저주를 받아라! 우리를 창조하신 신이 그대를 증오하고, 고조되는 파멸이 그대의 집에 창궐하며, 거대한 재난이 그대를 방문하여 철저하게 모독하리라! 불안, 궁핍 그리고 비탄이 그대 있는 곳을 떠나지 않고, 슬픔과 우수, 근심이 그대를 곳곳에서 수행하며, 불쾌한 적개심과 비천한 경멸 그리고 모욕적인 냉대가 그대를 모든 장소에서 철저하게 압박하리라! 하늘, 땅, 태양, 달, 별, 바다, 강, 산, 들, 계곡, 강변 목초지, 지옥의 나락 등, 생명과 존재를 가진 모든 것은 적의와 경멸감을 가지고 그대를 영원히 저주하리라! 그대는 악한 기운에 깊숙이 빠져, 비참한 불행 속으로 떨어져서,

악커만, 신의 법정에서 죽음과 논쟁하다

취소할 수 없는 무거운 신의 추방 속에서 그리고 인간과 피조물들의 추방 속에서 그대의 미래 시간이 머무르라! 부끄러움을 모르는 악인, 그대의 악한 회상은 끝없이 살고 지속되리라. 전율과 두려움은 그대가 거닐고 사는 곳에서 그대와 결코 멀어지지 않으리라! 나와 전 인류가 두 손을 비틀며 울부짖는 비탄의 소리가 그대에게 울려 퍼지리라!

제2장

죽음

들어라, 들어라, 이 놀라운 이야기를 들어보라! 참기 어려운 뻔뻔스러운 고발이 우리를 엄습하는구나. 무슨 이유로 고발을 당하게 되었는지 참으로 우리는 낯설구나. 그렇지만 아무리 위협하고, 저주하며, 고함지르고 양손을 격렬하게 흔들며 공격을 한다 해도 어느 누구도 지금까지 우리에게 아무런 해도 끼치지 못했다. 우리는 지금까지 학식이 많고 기품이 있으며, 훌륭하고 영향력이 큰 굳은 마음을 가진 사람들을 비탈 위로 풀을 베듯 베어서 과부와 고아, 땅과 사람들의 슬픔을 수없이 들어 왔다. 그렇지만 젊은이여, 그대가 누구인지 이름부터 밝히고, 어떤 괴로움을 우리에게 당했기에, 한 번도 겪어 본 적이 없는 그 같은 무례한 언동을 하는지 말해 보라! 성실한 사람이 들으면, 무지막지한 곤경

악커만, 신의 법정에서 죽음과 논쟁하다

이 너를 압박하는 줄 알 것이다. 하지만 너의 고소에는 우리가 추론할 수 있는 사려 깊음이 없구나. 너의 어조와 말투 때문에 너는 네 생각에서 자유로울 수가 없다. 그러나 네가 분별없이 정신을 잃고 길길이 날뛰는 너의 격노를 너그러운 마음으로 중지하고 너무 성급하고 지독한 저주를 거치기를 바란다. 그래서 훗날 네가 이 후회 때문에 괴로워하지 않도록 주의하라! 행여 네가 우리의 뛰어나고 강력한 힘을 언젠가는 약하게 만들 수 있다고 행여 망상하지 말라! 그렇지만 네 이름을 말하고 그리고 네가 우리로부터 어떠한 끔찍한 범행을 당했는지 말해라! 우리는 네 앞에서 공정하길 원한다. 공정은 우리의 일하는 방식이다. 우리는 네가 무엇 때문에 우리를 그토록 무례하게 저주하는지 알지 못한다.

제3장

악커만

　　　　　　　　　나는 악커만이라 부른다. 나의
쟁기는 깃털로 된 펜이다. 나는 뵈멘 지역에 산다. 나는 그대
를 끊임없이 증오하고, 불쾌한 존재로 적대감을 갖고 있다. 그
대는 알파벳에서 12번째 철자*를, 나의 즐거움의 보물을 사정
없이 뽑아버렸기 때문이다. 그대는 나의 큰 기쁨이었던 밝은
여름 꽃을 가슴의 초원에서 처절하게 뽑아버렸다. 그대는 내
게서 행복의 근원을, 운명에 의해 정해진 아내를 빼앗아 갔다.
그대는 나에게 돌이킬 수 없는 강탈을 자행했다. 그것 때문에
그대에게 화를 내고 분노한다. 그래서 고소를 한 것이 부당한
짓인지 스스로 한번 숙고해 보라! 그대로 인해 기쁨을 약탈당
했고, 날마다 선량한 삶을 빼앗겼고, 기쁨이 충만한 하늘의 선

---

* M자. 저자의 부인이름이 마르가레타(Margaretha)라는 것은 34장에서 처음으로 밝히고 있다.

물을 잃어버렸다. 이전에 나는 언제나 생기가 넘치고 즐거웠다. 나에게는 낮과 밤이 짧고 즐거웠으며, 우리 두 사람에게는 기쁨과 환희가 넘쳤다. 나는 해마다 자비로 충만했다. 그러나 지금 나는 가슴을 치며 슬픈 생각으로 메마른 나뭇가지 위에서 불길하게 시들어 가며 끊임없이 애통해 한다! 바람은 나를 몰아대고, 나는 엄청난 위력의 파도치는 사나운 바다의 물결 위를 떠돈다. 나의 닻은 어느 곳에도 내릴 곳이 없다. 그래서 나는 끝없이 괴로운 고함을 지른다. 그대, 죽음이여, 저주받을 지어다!

제4장

죽음

한 번도 겪어보지 못했던 이 같은 엄청난 공격에 우리는 그저 놀랄 뿐이다. 네가 뵈멘 지역에 살고 있는 악커만이라면, 너는 우리에게 대단히 부당한 짓을 하고 있는 것이다. 우리는 오래전부터 뵈멘에서 침략을 방어할 수 있는 성곽처럼 산위에 있는 견고하고 품위 있는 한 도시를 제외하면 어떠한 결정도 한 적이 없기 때문이다. 그 도시들의 이름은 4개의 철자, 18번 R, 1번 A, 3번 C 그리고 23번 W로 엮어져 있었다. 거기서 우리는 단정하고 지극히 행복한 어떤 여인에게 우리가 맡은 신의 성스런 임무를 행사했다. 그녀 이름의 첫 글자는 12번째 철자였다. 그녀는 대단히 유능하고 때 묻지 않은 여인이었다. 사실 우리는 그녀가 태어났을 때부터 관여하고 있었다. 어느 귀부인이 그녀에게 의상 한 벌과 수

려한 화환을 보냈다. 그녀는 의상과 화환을 찢어지지 않게 잘 간수해서 청결하게 자신과 함께 모두 무덤으로 가져갔다. 우리, 그녀의 증인은 모든 인간들의 판결자이다. 그녀는 모든 사람들에 대해 깨끗한 양심으로 친절하고 성실하고 진실하고 특히 선량했다. 정말로 그처럼 부드럽고 변함없는 여자는 우리에게 아주 드문 존재였다. 네가 말하는 여자가 이 사람이 아니라면, 우리는 다른 자를 알지 못한다.

제5장

악커만

　　　　　그렇다, 내가 그녀의 평화였고, 그녀는 나의 가장 사랑하는 사람이었다. 그대가 내 눈의 기쁨인 그녀를 데려가버렸다. 내 평화의 방패였던 그녀는 괴로움 앞에서 죽었다. 나의 예언하는 마법의 지팡이는 사라졌다. 그녀는 죽었다. 그래서 나, 불쌍한 악커만은 혼자 서 있는 것이다. 하늘에 빛나는 나의 별은 사라져 버렸다. 내 행복의 태양은 어둠 속에 잠겨버렸고 다시는 떠오르지 않는다. 나의 빛나는 샛별은 더 이상 떠오르지 않는다. 그 빛은 창백하고 창백해졌다. 나는 슬픔을 벗어날 수 없다. 내 눈앞에는 칠흑같이 어두운 밤뿐이다. 나는 진정한 기쁨을 다시 가져올 수 있는 어떤 것이 있다고 망상하지는 않는다. 내 즐거움의 자랑스러운 깃발은 슬픔으로 가라앉아 버렸기 때문이다.

호통을 치고! 논쟁을 벌여라! 나는 가슴 깊이 외치고 싶다. 해를 지나며, 파멸의 날을 지나며 그리고 슬픈 시간을 지나며 외치고자 한다. 나의 변함없이 단단한 다이아몬드는 깨져버렸다. 나를 올바르게 인도했던 여행자의 지팡이는 무자비하게 탈취당해버렸다. 행운의 신선한 샘으로 가는 길은 나에게서 차단되어 버렸다.

끝없는 비탄, 끝없는 고통, 애처로운 침몰, 추락 그리고 영원한 몰락을 통해 나는 그대 죽음을 유산으로 그리고 사유물로 받았다! 아내는 악덕으로 더럽혀져, 치욕 속에서 분노를 억제하며 지옥의 악취 속에 죽어 사라진다! 신이여 당신은 힘을 단념하고 그녀를 티끌로 흔적 없이 사라지게 하려하십니까! 악마 같은 존재가 언제까지 선두에 서게 하려 하십니까!

악커만, 신의 법정에서 죽음과 논쟁하다

제6장

죽음

잠자는 사자의 뺨을 때린 여우는 가죽이 찢어지게 될 것이다. 이리를 괴롭힌 토끼는 오늘 당장에 꼬리가 잘려나갈 것이다. 잠들기를 원하는 개를 할퀸 고양이는 개의 적개심을 야기시킨다. 이처럼 너는 우리에게 싸움을 걸고자 한다. 하지만 생각해 보라. 종은 종이고 주인은 주인이다! 우리는 올바르게 생각하고, 올바르게 조정하고, 올바르게 행동하며, 어느 누구도 귀족이라고 해서 소중하게 여기지도 않고, 지식이 대단하다고 해서 존경하지도 않고, 어떠한 아름다움에도 관심이 없으며, 재능, 사랑, 고통, 늙음, 젊음 그리고 기타 것들에 대해서도 깊이 생각하지 않는다는 것을 증명하고자 한다. 우리는 선과 악을 비추는 태양과 똑같이 행동한다. 우리는 선과 악을 통제한다. 정신을 강요할 수 있는 모든 대가들은 우리에게 그들의 정신을 인도해서 넘겨주어야 한다. 남자 마술사나 여자 마술사는 우리 앞에서 존재할 수가 없다. 그들이 지팡이를 타고 간다거나, 숫염소를 타고 간다는 것은 아무런 도움이 안 된다. 사람들에게 생명을 연장시키는 의사들은 우리에게 그 생명을 양도해야 한다. 뿌리들, 약초들, 연고들 그리고 모든 종류의 가루약도 그들을 도울 수는 없다. 우리가 나비와 메뚜기의 성별에 대한 해명을 한다면, 그 해명은 그들을 만족시킬 수 없다. 우리가 사람들을 미워하거나 사랑하거나 괴로움 때문에 계속 살게 해야 한단 말이냐? 세계에서 제왕은 단지 우리뿐이다. 모든 왕들은 그들의 왕관을 우리들의 머리 위에 씌우고, 그들의 왕홀을 우리 손에 양도해야 한다. 세 개의 관을 달고 있는 비숍 모자 형태의 교황 의자는 우리의 통제하에 있다. 바라노니, 저주는 그만 두어라. 새로운 이야기라고 수다 떨지 말고, 너 자신을 속이지 않는다면, 너의 눈 안에 대팻밥은 떨어지지 않을 것이다.

악커만, 신의 법정에서 죽음과 논쟁하다

제7장

악귀만

　　　　　　　　나는 그대가 악에 차 더욱 더 나
쁘게 행동한다고 저주할 수도 있고, 비난할 수도 있고, 욕을
할 수도 있다. 그것은 비열하게도 그대들이 번 것이다. 커다
란 슬픔 뒤에는 언제나 커다란 비탄이 따르는 법이다. 내가 훌
륭한 신의 선물을 잃고 슬퍼하지 않는다면 비인간적인 행동
이 될 것이다. 정말 나는 끝없이 슬퍼하지 않을 수 없다. 나의
명예로운 매가, 나의 정숙한 부인이 너무 빨리 날아가 버렸다.
그러니 내가 어찌 고소하지 않을 수 있겠는가! 그녀는 고귀한
혈통과 화려한 명망을 가졌다. 그리고 그녀의 활발하고 명랑
한 친구들은 진실하고 정결한 몸가짐으로 사람들과 사귀는 데
더없이 선량하고 쾌활하다 나는 신이 그녀에게 수여했던 그녀
의 덕을 충분히 알리는데 내가 너무 약했기 때문에 침묵하고

자 한다. 죽음이여, 그대 자신이 그것을 알려라. 나는 상심이 더 커지더라도 그대를 당당히 고소하겠다. 정말 그대가 조금이라도 선량한 마음을 가졌다면 그대 자신을 불쌍히 여겨라. 나는 그대에게서 몸을 돌리고, 호의적인 말은 일체 하지 않겠다. 나의 모든 능력을 다해 그대에게 영원히 저항하고자 한다. 내가 그대에게 반항하면 모든 피조물도 나를 도울 것이다. 나는 그대를 거부하며, 하늘과 땅과 지옥에 있는 모든 것을 증오하노라!

제8장

죽음

　　신은 하늘의 옥좌를 선량한 영혼들에게, 지옥을 악령들에게, 세속의 나라를 우리에게 재산으로 상속해 주었다. 하늘에는 덕 있는 자들을 위해 평화와 보상을, 지옥에는 죄지은 자들을 위해 고통과 벌을, 지상에는 우리를 위해 둥근 지구와 바다의 흐름을 공유하는 이 모든 것과 함께 하도록 전지전능한 주인이 명령했다. 그 주인은 또 우리가 모든 불필요한 것을 뿌리째 뽑아 없애야 한다고 요구했다. 생각해 보라, 우매한 자여, 신중히 검토해서 사상의 조각칼을 가지고 이성 안으로 깊이 파고 들어가면, 너는 발견하리라. 만약 우리가 최초의 찰흙으로 빚어진 남자 이후 지구상에서 인간들의 수명을, 황무지와 야생 숲속에서 동물들과 벌레들의 수명을, 물속에서 비늘을 가진 미끈미끈한 물고기들의 수명을 제약하지 않았더라면, 작은 모기들 앞에서 견딜 수 있는 사람은 아무도 없었을 것이고, 늑대들 앞에서 벗어날 사람은 아무도 없었을 것이다. 또 한 인간은 다른 인간을, 한 짐승은 다른 짐승을, 각각의 살아있는 피조물은 다른 살아 있는 피조물을 잡아먹었을 것이다. 그들은 식량에 굶주릴 것이기 때문이다. 지구는 그들에게 너무 좁다. 죽는다는 것을 슬퍼하는 자는 우매하다. 산자는 산자로, 죽은 자는 죽은 자로, 지금까지 그래왔던 것처럼 내버려 두라! 너, 우매한 자여, 무엇에 대해 고소해야 하는지 좀 더 잘 생각해 보라!

악커만, 신의 법정에서 죽음과 논쟁하다

제9장

악커만

나는 가장 귀중한 보물을 잃어버렸으며, 결코 되찾을 수 없게 되었다. 나의 마지막을 기다려야만 되는 곳에서 내 기쁨을 약탈당하고 슬퍼하지도 비참해 하지도 말아야 한단 말이냐? 자비로우신 신이시여, 전능하신 주인이시여 들으소서! 나는 죽음에게, 이 불행한 슬픔의 전달자에게 앙갚음을 하겠습니다! 그들은 나에게서 즐거움을 빼앗아 갔고, 귀한 삶의 날을 약탈해 갔고, 커다란 명예를 잃게 만들었습니다. 선량한 아내가, 고귀한 여인이, 순결한 작은 천사가 청결한 둥지에 태어났던 아이들과 함께 놀았을 때, 나는 한없이 행복했습니다. 병아리들을 키웠던 암탉은 이제 죽었습니다. 오, 신이시여, 전능하신 주인이시여, 그녀가 얌전하게 발걸음을 옮길 때, 나는 지극한 경의를 가지고 연인처럼 쳐다보았습니다. 그래서 사람들은 그녀를 애정 깊게 쳐다보고 말했습니다. "저 얌전한 여인은 감사와 칭찬, 명예를 가졌습니다. 신이여, 그녀와 그녀의 어린 자식들에게 은혜를 베푸소서!" 내가 신에게 진실로 감사할 방법을 알기만 한다면, 정말, 기꺼이 하겠습니다. 어떤 불쌍한 남자에게 신은 그렇게 빨리 그렇게 풍부하게 재능을 주었단 말입니까? 사람들은 말합니다. 신은 그에게 순결하고 고귀한 아름다운 부인을 주었으며, 그 선물은 하늘의 선물을 뜻하며, 그 선물은 모든 현세의 외면적인 선물을 능가한다고. 오! 모든 강한 것 중에서 가장 강한 하늘의 주인이시여, 당신이 순수하고 티 없는 신랑과 결혼을 시켰던 그 일은 얼마나 잘 이루어졌습니까! 기뻐하십시오, 순결한 부인의 존경스런 남자! 기뻐하십시오, 존경스런 남자의 순결한 부인! 신은 둘에게 기쁨을 주었습니다! 청춘의 샘에서 물을 마셔본 적이 없는 바보가 그것에 대해 무엇을 안단 말이냐? 비록 내가 강압적인 힘과 마음의 번뇌를 벗어날 수 없다 해도, 내가 깨끗함을 분별할 수 있음을 신에게 진실로 감사한다. 그대, 사악한 죽음이여, 온 인류의 적이여, 신이 그대를 영원히 증오하기를!

악커만, 신의 법정에서 죽음과 논쟁하다

제10장

죽음

　　너는 지혜의 샘물을 마셔보지 못했구나! 나는 네 말을 듣고 그것을 알았다. 너는 자연의 작용을 모른다. 너는 세상일의 이런저런 혼합을 들여다보지 못하고 있다. 너는 현실 속의 변화를 바라보지 못한다. 너야말로 멍청한 강아지다. 사랑스런 장미들, 정원에 핀 강한 향기의 백합, 힘을 북돋아 주는 강변에 핀 약초와 즐거움을 주는 꽃들, 황량한 들판에 굳게 박힌 바위들과 높이 자란 나무들, 섬뜩한 황야에 힘센 곰들과 억센 힘의 사자들, 건장하고 강한 무사들, 민첩하고 비범하고 박식한 그리고 모든 종류의 명인 자격을 지니고 있는 인간들, 모든 현세의 피조물들은 참으로 영리하고, 사랑스럽고, 강한가! 그들이 얼마나 오래 유지될 수 있는지, 얼마나 오래 바쁘게 움직이는지, 또 곳곳에서 없어지지 않으면 안 되는지를 깨달아라! 그리고 지금까지 있었거나 앞으로 있게 될 모든 인류가 존재로부터 무로 가야 될 때, 네가 애도하고 찬미하는 그 여자는 그것을 어떻게 받아들여야 하는지 깨달아라! 그대 자신도 우리에게서 빠져나가지 못할 것이다. 적어도 그대는 이제 기다려야 한다. "우리 전부가"라고 너희들 중 한사람이 말해야만 한다. 너의 고소는 공허하다. 너에게 아무런 도움도 되지 않으며, 아무 의미도 없다.

악커만, 신의 법정에서 죽음과 논쟁하다

제11장

악귀만

　　　　　　　　나와 그대 위에 보다 강한 힘을
가진 신의 존재를 확신한다. 신은 나를 그대 앞에서 보호해 줄
것이다., 그대가 나에게 행했던 악한 행동에 대해 엄중하게 처
벌할 것이다. 그대는 사기꾼같이 나에게 이야기한다. 그대는
진리 아래 항상 옳지 못한 것을 뒤섞는다. 그리고 나에게 마음
과 이성의 엄청난 괴로움, 가슴의 괴로움을 눈과 마음과 정서
에서 잊어버리라고 말한다. 그러나 그대는 그것을 실현시키지
는 못할 것이다. 나는 다시는 치유될 수 없는 상처 입은 상실
로 인해 너무 괴롭기 때문이다. 모든 비탄과 불행의 유익한 교
훈, 신의 공복, 의지의 후견인, 내 몸의 보호자, 밤이나 낮이나
나와 아내의 명예를 보호해 주는 분에게 반대해서 그녀를 내
머릿속에서 지울 수는 없다. 신이 그녀에게 명령한 것은, 그

녀가 완전하고 순수하고 안전하게 부족함 없이 응답할 것이다. 그녀의 집에는 항상 절제와 배려, 분별이 산다. 부끄러움은 항상 그녀의 눈앞에서 명예의 거울을 받들고 있다. 신은 그녀의 자비로운 보호자였다. 신은 그녀를 생각해서 나에게도 역시 자비롭고 친절했다. 그녀는 순수한 집안의 명예를 신에게서 얻었으며 지켰다. 보수와 자비로운 보답을 그녀에게 주소서, 관대한 임금 지불자, 엄정하게 보수를 주는 자, 전능하신 분이시여! 내가 소망할 수 있는 것보다 더 그녀에게 자비를 베푸소서! 아, 아, 아! 뻔뻔스런 살인자, 죽음이여, 사악한 악덕의 껍데기여! 사형 집행인이 그대의 재판관이라면, "나를 용서하라!"고 말하는 그대를 그의 고문 틀에 매달았으면 좋겠다!

악커만, 신의 법정에서 죽음과 논쟁하다

제12장

죽음

너는 올바르게 재고, 달고, 세고 하면서 깊은 생각을 할 수 있느냐? 텅 빈 머리로 그런 말을 자유롭게 할 수는 없다. 너는 통찰이나 논리 없이 저주하고 복수를 요구한다. 그 같은 우둔한 행동이 너에게 무슨 쓸모가 있느냐? 모든 풍부한 생각, 귀함, 고결함, 성실함, 유능함 그리고 살아있는 모든 것은 우리의 손을 거쳐 사라진다고 이미 말했다. 그럼에도 불구하고 너는 우리를 비난하고, 너의 모든 행복이 순결하고 성실한 아내에게 있다고 말한다. 너의 생각대로 행복이 부인들에게 놓여 있다면, 그렇다면 네가 행복 속에 있다는 것을 충고하고자 한다. 불행이 초래되지 않도록 주의하라! 네가 최초로 칭찬할 만한 부인을 맞이했을 때, 너는 그녀를 유능하게 발견했는지 아니면 유능하게 만들었는지 말해 보

라. 네가 그녀를 유능하게 발견했다면, 그것을 합리적으로 생각해보자! 너는 수많은 성실하고 순결한 여인들을 지상에서 발견한다. 그 중 하나가 너와 결혼하게 된 것이다. 그러나 네가 그녀를 유능하게 만들었다면, 그렇다면 기뻐하라! 너는 한 유능한 부인을 교육시키고 만든 살아있는 스승이다.

그러나 나는 너에게 또 다른 것을 말하겠다. 사랑이란 깊어지면 질수록, 더욱더 고통을 맛보게 된다. 만약 네가 사랑을 억제한다면, 너는 고통에서 해방될 것이다. 부인과 아이와 보석 그리고 모든 속세의 재화는 처음에는 얼마간의 기쁨을 주지만, 마지막에는 보다 많은 고통을 가져오게 된다. 속세의 사랑은 결국 고통으로 끝난다. 사랑의 끝은 고통이요, 기쁨의 끝은 슬픔이며, 즐거움 뒤에는 불쾌함이 오게 되고, 의지의 끝은 무의지가 된다. 그런 목표를 향해 모든 살아있는 것은 달린다. 현명함 앞에서 막무가내로 꽥꽥 울어야 할지, 좀 더 잘 생각하기 바란다!

제13장

악커만

해악을 당하면 냉소가 뒤따르는 법이다. 마음이 슬픈 자들은 그것을 느낀다. 그대로부터 마음의 상처를 받은 나도 그것을 느낀다. 그대로 인해 내 사랑이 떠나갔고, 나는 고통 속에서 살고 있다. 신이 원하는 한 그대가 고통을 겪도록 하겠다. 내가 얼마나 바보이며, 명민한 대가들에 비하면 나의 지혜란 얼마나 적은가! 그럼에도 나는 그대가 내 명예의 도둑이요, 내 기쁨의 도둑이요, 내 즐거운 삶의 날을 훔친 자요, 내 환희의 파괴자요, 나에게 즐거운 삶을 마련해주고 보증했었던 모든 것의 파괴자라는 것을 잘 안다. 이제 나는 무엇을 기뻐해야 한단 말인가? 어디에서 위안을 찾아야 한단 말인가? 어디에서 피난처를 발견할 수 있단 말인가? 어디에서 구원처를 발견해야 한단 말인가? 어디에서 나는 진실한 조언을 얻어야 한단 말인가? 가버린 것은 가버린 것이다. 내 모든 기쁨은 너무 일찍 사라져 버렸다. 기쁨은 너무 일찍 나에게서 도망가 버렸다. 그대는 나에게서 너무 빨리 기쁨을, 성실한 여인을, 애정이 깊은 여인을 빼앗아가 버렸다. 그대는 무자비하게 나를 홀아비로, 나의 아이들을 고아로 만들어 버렸다. 나는 그대 때문에 보상도 없는 괴로움에 차 불행하게 홀로 남게 되었다. 그대는 나에게 아직 끔찍한 악행에 대한 변상을 하지 않았다. 모든 사람들의 결혼 파괴자인 죽음이여, 어떻게 된 일이냐? 그대 때문에 어느 누구도 무언가 선한 것을 획득할 수가 없다. 그대는 참혹한 짓을 위해 어느 누구에게도 만족을 주려 하지 않는다. 그대는 악행에 대해 어느 누구에게도 변상하지 않는다. 나는 깨닫는다. 그대에게는 자비가 없다. 그대에게는 단지 저주만 있을 뿐이다. 그대는 어느 곳에서나 무자비할 뿐이다. 그대가 인간에게 나타내는 그와 같은 선행, 그대에 의해 인간들이 받아들이게 되는 은혜, 그대가 인간들에게 주는 그 보수, 그대가 인간들에게 가져오는 그 종말을, 죽음과 삶에 대해 힘을 가진 그대에게 되돌려 보내겠다! 천상의

악커만, 신의 법정에서 죽음과 논쟁하다

영주시여, 나에게 엄청난 손실을 보상해 주소서, 엄청난 피해를, 불행한 재난을 그리고 슬픔에 가득 찬 비통의 외침을! 그대와 같은 악한에게, 죽음에게, 천벌을 내리소서. 모든 비행의 복수자인 신이시여!

제14장

죽음

침묵처럼 그렇게 쓸데없는 이야기는 그만하라. 우둔한 말 뒤에는 불화, 불화 뒤에는 적대감, 적대감 뒤에는 싸움, 싸움 뒤에는 부상, 부상 뒤에는 고통, 고통 뒤에는 후회가 혼란한 남자에게 닥치기 때문이다. 너는 우리에게 불화를 통고한다. 너는 사랑하는 부인 때문에 고통을 받았다고 우리를 고소한다. 그러나 그 일은 자비롭고 친절하게 발생한 것이다. 즐거운 청춘에, 당당한 몸매에, 최상의 삶의 날들에, 최상의 존경 속에, 최상의 시간에, 손상되지 않는 명예 속에 우리는 그녀를 우리들의 은총 속에 받아 들였다. 모든 지혜로운 자들이 그것을 찬미하고 열망한다. '가장 잘 살고 싶으면, 가장 잘 죽어야 한다.' 죽기를 열망하는 자는 잘 죽지 못한다. 우리에게 죽음을 소리쳐 부른 자는 너무 오래 살았던 것이다. 노년의 부담을 가지고 짐을 진 그에게 고통과 불안이 있는 것이다. 모든 풍부함에도 그는 가난해야 한다. 그해 하늘에 무지개가 늘어선 축제일에, 승천의 길이 열렸을 때, 세상이 시작된 이후 6599년을 헤아렸을 때, 한 어린애의 출생과 함께 우리는 이 짧고 빛나는 불행의 지극히 복된 순교자(*부인)를 신의 유산으로, 영원한 기쁨 속으로, 영원한 삶 속으로 그리고 선한 공로에 따라 영원한 휴식으로 오게 할 의도에서 떠나게 했다. 네가 우리에게 그렇게 원한을 품는다면, 우리는 너에게도 너의 영혼이 그녀의 영혼과 함께 그곳 천상에서, 너의 몸은 그녀의 몸과 함께 이곳 지상의 묘지에 머무를 것을 바라고 허락할 수도 있다. 우리는 너의 보증인이 될 수도 있다. 그녀의 선행을 너는 기쁘게 누려야 한다. 침묵하고, 입을 닥쳐라! 네가 태양에게 그 빛을, 달에게 그 차가움을, 불에게 그 열을, 물에게 그 습기를 인정할 수 없다면, 너는 우리의 힘을 인정하지 않는 것이다.

제15장

악커만

　　죄가 있는 자는 변명할 말이 필요한 법이다. 그대도 그렇다. 달고 시게, 부드럽고 딱딱하게, 친절하고 날카롭게 그대가 속이려고 마음먹은 자들에게 나타난다. 그것은 나를 보면 명확하다. 그대는 얼마나 변명을 했는가! 그럼에도 나는 그대의 광포하고 무자비함 때문에 근심에 가득 차 명예와 우아함도 없이 지내야 한다는 것을 안다. 나는 또 신과 그대를 제외하면 어느 누구도 그런 힘을 가질 수 없다는 것을 잘 안다. 그렇지만 나는 신에게는 괴로움을 당하지 않았다. 내가 신에 대항해 잘못을 했다면, 유감스럽게 그런 일은 자주 일어나지만, 신은 그 잘못을 나에게 감지하게 하거나, 나를 다시 깨끗하게 만들었을 것이기 때문이다.

　　그대는 범행을 저지른 자다. 그 때문에 나는 기꺼이 알고자 한다. 그대는 누구이며, 그대는 무엇이며, 어디에 있으며, 어디에서 왔으며, 그대의 유능함의 원천은 무엇인지, 예고 없이 나에게 악하게 싸움을 걸고, 나의 환희에 찬 초원을 황량하게 하고, 내 능력의 탑을 파괴하고 무너뜨리는 강력한 힘을 어떻게 가지게 되었는지.

아! 신이시여, 슬픈 가슴의 위로자여, 이 불쌍하고, 슬프고, 비참하고, 외로운 남자를 위로하고 배상해 주소서! 신이여, 괴로움을 멀리 보내 앙갚음을 하시고, 사슬로 묶어서 당신과 우리 모두의 적인 극악한 죽음을 말살하소서! 신이여, 당신의 피조물 가운데 죽음보다 더 극악한 것, 소름끼치는 것, 수치스러운 것, 가혹한 것, 불공정한 것은 없습니다. 죽음은 당신의 전 세계를 어둡게 하고 파괴합니다. 그는 유능한 사람보다는 차라리 유능치 못한 사람을 참고 견딥니다. 그는 해롭고, 늙고, 허약하고, 불필요한 것을 자주 바로 여기에 그대로 남겨 놓습니다. 그는 우수한 것들과 유용한 것들을 모두 급사시킵니다. 신이여, 옳지 못한 재판관에 대해서 공정하게 바로 잡아 주소서!

제16장

죽음

어리석은 사람들은 악한 것을 선하다고 말하고, 선한 것을 악하다고 말한다. 바로 네가 그렇다. 너는 우리에게 심판이 잘못되었다고 비난하고 옳지 못하다고 한다. 우리는 오히려 그것을 너에게 말하고 싶다. 우리가 누구인가를 너는 묻는다. 우리는 신의 도구요, 정당하게 작동하는 벌초기다. 우리들의 큰 낫은 그의 길을 간다. 그 낫은 하얀색으로, 검은색으로, 붉은색으로, 갈색으로, 초록색으로, 푸른색으로, 회색으로, 노란색으로 빛나는 모든 꽃들과 풀을 그들의 광채, 힘, 유용성에도 불구하고 베어 넘어뜨린다. 제비꽃에게는 그의 아름다운 색깔, 그의 진한 향기, 그의 감칠맛 나는 즙이 아무런 도움이 안 된다. 보아라, 그것이 공정한 것이다! 로마인들과 작가들은 그것을 우리에게 정의라고 말하고

악커만, 신의 법정에서 죽음과 논쟁하다

있다. 그들은 우리를 너보다 훨씬 잘 알고 있다. 너는 우리가 무엇이냐고 묻는다. 우리는 아무것도 아니기도 하고 무엇이기도 하다. 우리는 생명도 존재도 모습도 없고, 정신도 없고, 볼 수도 없고 만질 수도 없기 때문에 아무것도 아니다. 우리는 생명의 종점, 존재의 끝, 허무의 시작, 그 둘 사이의 중간물이기에 무엇이기도 하다. 우리는 모든 인간들이 쓰러지는 하나의 사건이다. 커다란 거인들도 우리 앞에서 쓰러지게 되어 있다. 생명을 가진 모든 존재는 우리들에 의해 변화되지 않으면 안 된다. 우리는 보다 큰 죄를 꾸짖는다.

너는 우리가 어디에 있느냐고 묻는다. 우리는 단정할 수 없다. 다만 사람들은 로마의 사원 벽에 눈이 가려진 황소 위에 앉아 있는 남자로 그려진 모습에서 우리를 본다. 이 남자는 오른손에는 곡괭이를, 왼손에는 삽을 들고 있다. 그는 그것을 황소 위에서 이리저리 휘두른다. 그에 맞서서 다수의 민중이, 여러 종류의 사람들이, 각각의 인간들이 그들의 수공업 도구를 가지고 때리고 던지고 싸운다. 거기에 수녀 역시 그녀의 찬송가집을 가지고 있다. 그들 모두는 황소 위에 있는 우리를 묘사했던 남자를 두들기고 그것들을 던졌다. 그러나 죽음은 싸움을 걸어 그들 모두를 묻어 버렸다. 피타고라스는 우리를 바질리스크*의 눈을 가진 남자의 모습으로 비유했다. 그들은 세상의 모든 끝을 향해 움직이고, 그들의 눈빛 앞에서 모든 살아있는 피조물은 죽어야 했다.

너는 우리가 어디로부터 태어났느냐고 묻는다. 우리들은 지상의 낙원(* 에덴동산)에서 태어났다. 그곳에서 신이 우리를 창조했고, 정당한 이름으로 우리를 불렀다. 신은 다음처럼 말씀하셨다.

"어느 날엔가 그대가 이 열매를 따먹은 날, 그대는 죽음에게 죽임을 당하리라."

그래서 우리는 다음처럼 쓴다.

"우리 죽음은 지상에서 공중에서, 거대한 바다에서 주인이며, 권세를 가진 자다."

너는 우리가 무엇을 향해 유능한지 묻는다. 너는 우리가 세

---

* Basilisk : 사람을 노려봄으로서 죽인다고 하는 전설의 뱀.

상에 해로움보다는 이로움을 가져온다는 사실을 이전에 들어 알고 있을 것이다. 불평을 그만두고 사건이 우리에 의해 그렇게 자비롭게 발생했다는 것을 고마워하라!

제17장

악커만

　　늘은이는 새로운 이야기를, 학식 있는 이는 알려지지 않은 이야기를, 먼 길을 방랑했던 이는 남들이 모르는 허구의 이야기를 감히 하고자 한다. 그 이야기들은 사실을 알 수 없기 때문에 벌할 수 없다. 그대는 벌초기를 가지고 낙원에서 세상으로 왔지만 그대의 낫은 우둘투둘 풀을 벤다. 그 낫은 아주 마음 내키는 대로 꽃을 벤다. 가시 돋친 식물이나 잡초는 서 있게 하고, 좋은 약초는 못쓰게 만든다. 그대의 낫은 똑바로 깎는다고 말한다. 그런데 좋은 꽃들보다는 가시 돋친 식물을, 카밀레보다는 쥐오줌 풀을, 좋은 사람보다는 나쁜 사람을 다치지 않게 남겨둔 까닭은 도대체 어찌된 일이냐? 나에게 말해 보라. 이전에 있었던 유능하고 존경할 만한 사람들은 지금 어디에 있는지 손가락으로 나에게 가리켜 보

라. 그대가 데려가지 않았느냐? 그들 곁에 내 사랑스러운 사람도 있었다. 지금은 재로 흩뿌려진 먼지들만 남아 있을 뿐이다. 지상에서 살았고, 신과 대화를 나누었고, 그 신에게서 은총과 자비 그리고 연민의 정을 받았던 그들은 어디로 사라졌느냐? 별을 보고 유성을 가리키면서 지상에 앉아 있었던 그들은 어디로 사라졌느냐? 많은 연대기들에 그렇게 가득 실려 있던 재기 있고 탁월하고 정직하고 건강한 남자들은 어디로 갔느냐? 그대는 그들 모두를 그리고 나의 상냥한 사람을 살해했다. 그 비열한 짓은 아직 계속되고 있다. 그에 대한 책임이 누구에게 있단 말이냐? 진실을 고백할 용기가 있느냐, 죽음이여? 그대는 자신을 거명해야 할 것이다. 그대는 정당하게 재판하고, 어느 누구도 편들지 않았으며, 큰 낫을 내리쳐서 그들을 차례로 넘어뜨렸다고 굳세게 주장한다. 나는 그 곁에 서서 내 두 눈으로 거대한 군대 무리를 보았다. ~ 그 무리는 3천명이 넘는 남자로 이루어져 있었다. ~ 그들은 나무가 무성한 초록색 벌판에서 싸웠다. 그들은 복사뼈까지 핏속에 잠겨 걸었다. 그 가운데서 그대는 도처에서 빙빙 돌며 아주 열심히 그들을 혼란시

켰다. 그대는 그들 속에서 일부는 죽였고, 일부는 살려주었다. 나는 시종들보다 많은 기사들이 죽어 넘어진 것을 보았다. 그때 그대는 다른 사람들 가운데서 한 사람을 마치 연한 배를 고르듯이 골라내었다. 그것이 정말 정당하게 베어들인 것이란 말이냐? 그것이 정당하게 판결한 것이냐? 낫이 정당하게 휘둘러졌느냐? 오오, 사랑하는 아이들아, 이쪽으로 오너라! 우리 말 타고 가서 정당하게 판결한 죽음에게 칭찬과 명예를 전달하자! 신의 재판은 정당하다고 할 수가 없구나!

제18장

죽음

사건에 대해 아무것도 이해하지 못하는 자는 아무것도 말할 수 없다. 우리도 그렇다. 우리는 네가 그렇게 우수한 남자라는 사실을 알지 못했다. 우리는 너를 오랫동안 알아왔다. 그러나 우리는 너를 잊어버렸다.

시빌라 부인*이 심지어 너에게 지혜를 나누어 줄 때, 솔로몬 왕이 죽음의 침대에서 너에게 지혜를 전해 주었을 때, 신이 이집트 땅에서 모세에게 수여했었던 모든 권한을 너에게 수여했을 때, 심지어 네가 사자의 다리를 붙잡아 벽에다 집어 던졌을 때에도 우리는 그 곁에 있었다. 우리는 네가 별을 헤아리는 것을 보았고, 바다의 모래와 물고기 헤아리는 것을 보았고 그리고 빗방울 측정하는 것을 보았다. 우리는 즐겨 네가 토끼와 경주하는 것

---

* 고대 그리스·로마 시대의 예언자.

을 보았다. 우리는 바빌론에서 네가 솔단 왕 앞에 음식과 술을 높은 위엄과 품위 속에서 권하는 것을 보았다. 네가 온 세상을 정복했던 알렉산더 왕의 군기를 앞서서 들고 갔을 때, 우리는 구경을 했고 너에게 기꺼이 명예를 빌었다. 네가 아카데미아*에서 또 아테네에서 신에 대해 능숙하게 이야기하고, 보통이 아닌 것에 대해 알고 있었던 훌륭하고 박식한 스승과 함께 토론하고 현명하게 이겨냈을 때, 우리는 특별히 기뻤다. 착하게 행동하고 인내심이 있어야 한다고 네가 네로황제를 가르쳤을 때, 그때 우리는 너에게 애정을 가지고 귀를 기울였다. 우리는 어떻게 네가 폭풍을 무릅쓰고 율리우스 황제를 갈대배에 태우고 사나운 바다 위를 헤쳐 가는 것을 보고 놀랐다. 우리는 네가 작업장에서 고귀한 옷을 무지개로 짜는 것을 보았다. 그 안에 천사들, 새들, 동물들 그리고 다양한 물고기들의 형상이 들어있었다. 그 안에 또 부엉이와 원숭이가 가로 실로 짜여 있었다. 특히 우리는, 네가 파리에서 운명의 여신의 수레바퀴에 앉

---

* 그리스 영웅 아카데모스의 이름을 딴 아테네 근교의 유원지이자 체육장 또 플라톤이 강연하던 곳. 따라서 플라톤의 학원.

아 소가죽 위에서 춤을 추고, 마법을 부리며 활동하고, 악마를 진기한 유리잔 속에 가두었을 때, 웃고 너를 칭찬했다. 신이 너에게 이브의 타락에 대해 이야기하고 충고하기 위해 불렀을 때, 우리는 처음으로 너의 뛰어난 지혜를 알게 되었다.

우리가 너를 예전에 좀 더 잘 알았더라면, 우리는 너에게 복종했을 것이다. 우리는 너의 부인과 모든 인간들을 영원토록 살게 했을 것이다. 우리는 너 혼자의 명예를 위해 그렇게 했을 것이다, 너는 정말 영리한 당나귀이기 때문이다.

제19장

악커만

인간들은 진리 때문에 조롱과 악행을 참아내지 않으면 안 된다. 그와 같은 일이 나에게도 일어난다. 그대는 용인할 수 없는 일로 나를 칭찬한다. 그대는 파렴치한 일들을 수행한다. 그대는 폭력을 과도하게 사용한다. 더욱이 그대는 나를 불쾌하게 취급한다. 그것은 너무나 내 마음을 상하게 한다. 내가 그것에 관해 말하면, 그대는 나를 악의로 대할 것이고, 분노로 충만할 것이다. 나쁜 짓을 행하고, 복종하지 않고, 벌을 받아들이지 않고, 견디지 않고 오만하게 모든 일을 행하는 자는, 그로 인해 적대관계를 만들지 않도록 대단히 주의해야 할 것이다.

길던 짧던 그대가 나를 악하고 부당하게 취급했던 경우를 예로 들어 보자! 나는 참고 법률상 보복을 하지는 않는다. 오늘도 나는 보다 나은 인간이 되고 싶다. 내가 무엇인가 공정치 못한 것 그리고 예법에 벗어난 짓을 그대에게 했다면, 그것이 무엇인지 나에게 가르쳐 다오! 나는 그것을 기꺼이 속죄하겠다. 만약 그런 경우가 아니라면 내 손해를 보상하거나, 어떻게 해야 나의 커다란 상심을 보상 받을 수 있는지 가르쳐 다오! 정말이지 그토록 짧은 행복은 여태까지 한 남자에게 결코 일어날 수 없는 일이다. 그럼에도 불구하고 그대는 나의 절제를 보았다. 내가 슬퍼하는 죽은 아내를 또한 나와 아이들에게 악의를 범했던 것을 다시 원상복귀하거나 아니면 그대는 나와 함께 정의의 심판자인 신에게 가야 한다. 그대는 나의 청을 가볍게 받아들일 수 있을 것이다. 나는 그것을 그대 자신에게 맡기겠다. 나는 그대가 그렇게 하리라고 생각한다. 그대는 자신이 정당한지 스스로 분별하게 되고, 그후 나에게 대단히 참혹한 행위에 대해 변상해야 할 것이다. 깨달아라! 그렇지 않다면 쇠망치가 뇌관을 두드릴 것이다. 냉혹함에는 냉혹함으로! 그것은 일어날 수밖에 없다!

제20장

죽음

　　　　　　　　선한 말은 사람을 진정시키고,
이성은 사람을 절제하게 만들고, 인내는 사람에게 명예를 가
져오지만, 분노한 남자는 무엇이 진리인지 판단할 수 없다. 예
전에 네가 우리에게 호의적으로 말을 했다면 우리도 너에게
부인의 죽음에 대해 유치하게 불만을 터뜨려서는 안 되고 울
어서도 안 된다는 것을 호의적으로 가르쳐 주었을 것이다. 너
는 목욕탕에서 죽기를 원했던 현명한 사람에 관해 들어보지
못했느냐? 혹은 어느 누구도 인간의 죽음을 탄식해서는 안 된
다는 그의 책을 읽지 못했느냐? 그것을 몰랐다면 이제 알기
바란다. 누구나 태어나게 되면, 죽어야 한다는 계약 체결의 잔
을 마셔야 한다. 처음과 끝은 연결되어 있는 것이다. 파견된
자는 다시 돌아 올 의무가 있다. 한번 일어난 사건에 대해서는

누구도 반항해서는 안 된다. 모든 인간이 견뎌야 하는 것을 개인이 항변해서는 안 된다. 인간은 빌렸던 것을 다시 되돌려 주어야 한다. 모든 인간은 이 세상에서 낯설다. 인간은 어떤 무엇에서 무로 되어야 한다. 모든 인간들의 인생은 빠른 걸음으로 달려간다. 지금은 살아 있지만 순식간에 죽는다.

짧은 말로 끝을 맺자. 모든 인간은 죽어야 할 의무가 있고, 죽음을 물려받았다. 네가 부인의 죽음을 슬퍼한다면, 올바른 짓이 아니다. 인간은 살면서 곧 죽기에 충분하게 늙어간다. 너는 늙음이란 고귀한 보물이라고 생각할지 모르지만, 그것은 쇠약하고 피곤하고 추하고 차가울 뿐만 아니라 모든 인간들에게 혐오감을 준다. 늙음이란 쓸모가 없고 모든 일에 무익하다. 익은 사과들은 기꺼이 흙 속에 떨어진다. 무르익은 배는 기꺼이 웅덩이 속으로 떨어진다.

네가 부인의 아름다움을 탄식한다면, 그것은 어리석은 짓이다. 모든 인간의 아름다움은 늙거나 죽음으로 파괴된다. 장미꽃처럼 붉은 입술은 색깔을 잃게 된다. 붉은 뺨은 창백해진다. 빛나는 두 눈은 어두워진다. 너는 지혜로운 헤르메스[*]가, 남자는 아름다운 여인 앞에서 자신을 경계해야 한다고 가르친 것을 읽지 못했느냐? 모든 사람이 갈망하는 아름다움이란 날마다 무거운 걱정거리를 지니고 있다고 말한 것을 읽지 못했느냐? 추악한 짓은 모든 사람들에게 불쾌감을 주지만 참을 수 있다. 사라지게 하라! 네가 다시 데려갈 수 없는 손실을 슬퍼하지 마라!

---

* Hermes. 그리스 신화에서 여러 신들의 사자(使者)로 상업의 신. 저승세계(Hades)로의 동반자

제21장

악귀만

　　'정당한 벌을 당연한 것으로 받아들인다면, 지혜로운 남자라 할 수 있다'라고 현자들이 말하는 것을 듣는다. 그대의 벌도 나는 견딜 수 있다. 그대가 정당한 처벌자요 좋은 지도자라면, 내가 어떻게 이 말할 수 없는 고통을, 슬픔에 가득한 고뇌를, 지극히 큰 비애를 가슴속에서, 감정에서 그리고 의식에서 파내고 지워 없애고 내쫓을 수 있는지 나에게 조언을 주고 가르쳐다오. 신에게 맹세코, 나는 정숙하고, 성실하고 그리고 단정한 부인을 빼앗겼기 때문에 너무나 큰 상심에 빠져있다. 그녀는 죽었고, 나는 홀아비가 되었고, 나의 아이들은 고아가 되었다.

　오, 죽음이여, 전 세상이 그대를 고소한다. 결코 악한 남자가 아닌, 오히려 선한 남자인 나도 역시 그대를 고소한다. 어떻게 내가 이토록 무거운 가슴의 고뇌를 던져버릴 수 있으며, 어떻게 나의 아이들에게 그토록 순결한 어머니를 대체할 수 있는지 조언을 주고, 도움을 줄지 가르쳐 다오! 그렇지 않다면 나는 불만에 차게 되고, 아이들은 영원히 슬픔에 잠길 것이다. 그대는 그것을 나쁘게 받아들이지 말길 바란다. 나는 어리석은 짐승들도 한 배우자가 다른 배우자의 필연적인 죽음을 애도하는 것을 보았기 때문이다.

그대는 나를 도와주고 조언을 주고 변상을 해야 한다. 그대는 나에게 손해를 끼쳤기 때문이다. 만약 그런 일이 일어나지 않았다면, 신은 그의 전능함 속에서 어떠한 복수도 하지 않을 것이다. 그렇지만 복수하지 않으면 안 된다. 그래서 곡괭이와 삽이 다시 한 번 수고를 해야 하리라.

제22장

죽음

거위는 꽥 꽥 꽥 소리를 질러 대고 수다를 떤다. 사람이란 원하는 것을 호소한다. 너도 그 같이 아리아드네 실*을 잣는다. 우리는 너에게 사신(死神)은 죽은 자들을 애통해 해서는 안 된다고 조금 전에 설명했다. 우리는 세금 징수원들이기 때문에 모든 인간들은 그들의 생명을 세금으로 물어야 하고 통행세를 내야 한다. 왜 너는 반항하는가? 참으로 우리를 무시하는 자는 결국 자기 자신을 무시하는 자이다.

이해하고 깨닫도록 하라! 생명이란 죽음을 위해 창조된 것이다. 생명이 존재하지 않는다면, 우리는 없을 것이며, 우리의 과제도 없을 것이다. 더불어 세계의 질서도 없을 것이다. 너는

---

* Ariadnē : 그리스 신화 속의 인물. 크레타섬의 왕 미노스와 파시파에의 딸이다. 아테네의 영웅 테세우스가 이 섬을 찾아왔을 때, 그를 연모한 아리아드네는 미궁(迷宮) 라비린토스로 가는 길을 안내하기 위하여 그에게 실 꾸러미를 주었고, 괴물 미노타우로스를 퇴치하는 일을 도왔다. 실을 따라 라비린토스를 탈출한 테세우스는 아리아드네와 함께 낙소스 섬으로 도망갔는데, 여기서 테세우스는 해변에서 자고 있는 아리아드네를 버려두고 떠나버렸다.

너무나 슬픔에 가득 찼거나 어리석은 행동에 날뛰고 있다. 네가 어리석어 그런다면 이성을 부여해주도록 신께 기원하라! 그러나 네가 너무나 슬픔에 가득 차 그런다면, 이제 그만 두고 그냥 지나가라, 지상에서 인간의 생명이란 한 줄기 산들바람이라는 것을 생각하라!

너는 가슴속의 슬픔을 어떻게 제거해야 하는지 조언을 청한다. 아리스토텔레스는 옛날에 인간에게 기쁨과 슬픔, 공포와 희열이라는 네 가지 감정이 이 세상에 걱정을 가져오며, 어느 누구도 자신을 그 앞에서 보호할 수 없다는 것을 가르쳐 주었다. 기쁨과 공포는 단축시킬 수 있으나, 슬픔과 희망은 연장된다. 이 네 가지를 마음속에서 완전하게 제거하지 못한 자는 언제나 걱정 속에서 살아야 한다. 이 세상에서는 기쁨 뒤에 슬픔이, 사랑 뒤에 괴로움이 오게 되어 있다. 기쁨과 괴로움은 연결되어 있다. 기쁨이 끝나면 괴로움이 시작되는 것이다. 괴로움과 기쁨은 인간이 무엇인가를 그의 의식 속에서 붙잡고 포기하지 않는 것과 같은 것이다. 마치 넉넉하면 누구도 가난하지 않고 부족하면 누구도 부자일 수가 없는 것과 같다. 충분함

악커만, 신의 법정에서 죽음과 논쟁하다

과 부족함은 재산이나 다른 것들에 달려 있는 것이 아니라 마음에 달려있는 것이다. 가슴에서 사랑을 제거하기를 원치 않는 자는 언제나 고통을 견디어야 한다. 네가 가슴에서 의식에서 마음에서 사랑의 추억을 제거하면, 너는 비탄에서 바로 해방될 것이다! 네가 되찾을 수 없는 무엇인가를 잃어버렸다면, 결코 그것을 네 것으로 생각하지 마라! 그래야만 너의 슬픔은 곧 사라질 것이다.

만약 그렇게 하지 않는다면, 너는 점점 더 고통스러워질 것이다. 왜냐하면 아이들이 죽으면, 너는 슬픔을 겪을 것이며, 네가 죽으면 그들 모두도 너와 이별을 하면서 슬픔을 겪을 것이다. 너는 아이들에게 어머니를 보상하라고 주장한다. 네가 지나간 세월을, 이미 해버린 말을, 죽어버린 부인을 다시 되돌릴 수 있다면, 아이들에게 어머니를 되돌려 주어라. 나는 너에게 충분히 조언을 했다. 그것을 이해할 수 있느냐, 이 둔감한 곡괭이야?

제23장

악커만

　　시간이 지나면서 사람들은 진리를 알게 된다. 배운 만큼 무언가를 할 수 있다. 그대의 말은 달콤하고 유창하다. 그 말에서 나도 무엇인가를 느낀다. 그렇지만 기쁨, 사랑, 희열, 즐거움이 세상에서 제거되어야 한다면, 세상에는 악만 남을 것이다. 로마인들을 한번 보자. 그들은 기쁨을 존중해야 한다는 것을, 또 무술시합을 하고, 찌르기를 하고, 경주를 하고, 뛰기를 하고, 질서 있는 각종 궁중 기법을 한가한 시간에, 의도적으로 육성할 것을 아이들에게도 가르쳤으며 그러는 동안에 악한 일을 면하도록 스스로 노력했다. 인간의 마음속 의식은 한가할 수 없고, 선이나 악으로 언제나 작용하기 때문이다. 인간은 자면서도 한가할 수 없는 것이다. 좋은 생각들이 의식에서 사라지게 되면, 악이 들어오게 된다. 선이

나가면 악이 들어오고, 악이 나가면 선이 들어오는 것이다. 이러한 전환은 지구가 끝나는 날까지 지속될 것이다. 기쁨, 예절, 부끄러움 그리고 다른 고상한 덕을 지상에서 추방한 후부터, 세상은 악함, 치욕, 불성실, 조롱 그리고 배신이 넘쳐나게 되었다. 그것을 그대는 날마다 본다.

내가 최상의 추억을 의식에서 추방한다면, 악한 추억이 내 의식에 다시 오게 될 것이다. 나는 최상의 추억을 더욱 생각하고 싶다. 커다란 사랑이 커다란 슬픔으로 바뀌게 된다면, 누가 그것을 그렇게 빨리 잊어버릴 수 있겠는가? 그것은 악한 자들이나 하는 짓이다. 좋은 친구란 끊임없이 서로를 생각하는 법이다. 길이 아무리 멀어도, 시간이 아무리 오래 걸려도 사랑하는 친구란 헤어지지 않는다. 신체적으로 죽었다 해도 기억 속에서는 항상 살아있는 것이다. 죽음이여, 그대의 충고가 보다 유용하려면 좀 더 성실하게 조언해야 한다. 그렇지 않으면 그대들 박쥐는 매보다 더 새들의 적대감을 가져야 할 것이다.

제24장

죽음

현명한 남자에게는 가슴 벅찬 기쁨이나 무거운 슬픔이 아무런 이득도 손해도 될 수 없다. 그같은 것을 너는 할 수 없다. 조언을 청하고도 그것을 행하려 하지 않는 자에게는 조언할 수가 없다. 우리의 좋은 조언은 너에게 아무런 도움이 될 수가 없다. 너에게 그것이 기쁨이 되던 괴로움이 되던, 우리는 진실을 세상에 밝히고자 한다. 원하는 자, 듣도록 하라. 너의 짧은 이성, 너의 짧은 의식, 너의 공허한 가슴은 인간이 할 수 있는 것보다 더 많은 것을 인간에게서 만들고자 한다. 네가 바라는 인간을 만들어라. 그러나 모든 순결한 여인들에게는 실례지만, 내가 너에게 말한 것보다 더 나은 인간은 아닐 것이다. 인간은 원죄 속에서 수태되고, 죄악에 물든 그리고 이름을 명명할 수없는 오물로 어머니의 몸속에

악커만, 신의 법정에서 죽음과 논쟁하다

서 양육되어, 발가벗고 태어나, 짚으로 엮은 벌꿀 통처럼 천으로 몸을 싼다. 완전한 쓰레기, 오물 통, 벌레 먹은 자리, 분쟁의 집, 불쾌하게 씻은 물통, 썩은 고기, 곰팡이 핀 폐가, 바닥없는 자루, 구멍 난 주머니, 송풍기, 탐욕스런 아가리, 냄새나는 오줌 항아리, 고약한 냄새를 풍기는 양동이, 정직하지 못한 인형의 외양, 점토로 만들어진 강도 집, 끝없이 물이 들어가는 소방 물통, 그려진 환상. 원하는 자는 알도록 하라! 온전하게 완성된 인간은 그의 몸에 9개의 구멍을 가진다. 모든 구멍에선 불쾌하고 깨끗지 못한 오물이 흐른다. 그 보다 더 불결한 것은 없을 것이다. 아름다운 인간의 모습을 너는 보지 못한다. 만약 네가 시라소니 눈을 가지고, 사물의 핵심을 볼 수 있다면, 너는 섬뜩한 느낌을 가질 것이다. 아름다운 여인에게서 옷을 벗기면, 너는 초라한 여인을 보게 될 것이다. 급격히 시든 꽃을, 짧게 반짝이는 빛을 그리고 곧 몰락하는 죄 많고 힘없는 인간을 볼 것이다! 벽에 그려진 그림을 제외하고, 백 년 전에 살았던 모든 아름다운 여인들의 한줌 아름다움을 보여 줄 수 있다면, 너는 황제의 관을 가질 수 있을 것이다! 사랑도 지나가게

하고, 괴로움도 지나가게 하라! 다른 강물처럼, 라인강도 그냥

흘러가게 하라, 당나귀 마을에서 온 현명한 젊은이여!

악커만, 신의 법정에서 죽음과 논쟁하다

제25장

악커만

         퉤 퉤, 사악한 치욕의 자루여! 그대는 신의 최상의 창조물인 고귀한 인간의 명예를 그렇듯 악하게 취급하고, 여지없이 손상시킨다. 그와 더불어 그대도 역시 신성을 비방한다! 이제야 비로소 나는 그대가 거짓말쟁이라는 것을, 그리고 그대가 말한 것처럼 천국에서 오지 않았다는 것을 알게 되었다. 그대가 천국에서 왔다면, 신이 인간과 사물을 모든 점에서 잘 만들었으며 그리고 인간을 그들 위에 두었으며, 그들 모두에 대한 지배력을 부여했으며, 그들을 인간의 발아래 복종하게 만들었을 것이다. 그래서 인간은 지상의 동물들 위에, 하늘의 새들 위에, 바다의 물고기들 위에, 지상의 모든 과일들 위에 신 자신이 하듯이 지배해야 한다는 것을 알았을 것이다. 그런데 그대가 말한 대로 정말 인간이 그렇게 별 볼일 없고, 악하고 불결하다면, 신도 불결하고 쓸모없게 작용할 것이다. 그대 말대로 신의 전지전능한 손이 그렇게 불결하고 야비한 인간을 작품으로 창조했다면, 그는 창피스러운 창조자라 할 수 있다. 그런 신은 모든 사물과 그 사물 위에 특히 인간을 훌륭하게 창조했다고 인정할 수 없는 것이다.

죽음의 신이여, 그대의 쓸데없는 비난을 거두어라! 그대는 신의 최고의 창조를 부끄럽게 한다. 천사, 악마, 도깨비, 저승사자인 금눈쇠올빼미, 이들은 신의 힘의 마력에서 초자연적 존재들이다. 인간은 그들 중 가장 고귀하며 가장 영리하며 가장 자유로운 신의 작품이다. 신은 세상을 창조할 때 말했던 것처럼, 자신의 모습을 닮은 인간을 만들었다.

도대체 누가 어디서 인간의 머리와 같은 그렇게 정교하고 작은 덩어리를, 그토록 능숙하고 훌륭한 작품을 만들 수 있겠는가? 그 머리 안에는 재주 있는 모든 영적 존재들에게 이해될 수 없는 불가사의한 힘들이 있다. 또 얼굴에는 눈동자가 있는데, 거울처럼 작용하며 모든 것을 잘 아는 증인이다. 그것은 맑은 하늘에까지 다다르고 있다. 거기에는 또 멀리까지 들을 수 있는 귀가 있다. 심지어 많은 우아한 소리의 인지와 식별을 위해 완전하게 얇은 피부로 폐쇄되어 있다. 그곳에는 두개의 구멍을 통해 냄새가 들어가고 나가면서, 합목적적으로 계획을 세워 사랑스럽고 기쁨을 주는 향기들의 안락하고 편리함을 위한 냄새 맞는 코도 있다. 또 입에는 이빨들이 있는데, 몸의 영양을 날마다 제공하고 있다. 또 얇은 혀는 인간들에게 다른 인간들의 의사를 전달한다. 그곳에는 여러 종류의 영양분의 아름다운 미감이 있다. 게다가 머리에는 가슴에서 올라오는 생각들이 있다. 그 생각을 가지고 인간은 신에게까지 원하는 만큼 빠르게 도달한다. 심지어 그 위로 인간은 생각, 즉 고귀한 피난처를 가지고 있다. 그는 혼자 사랑스런 존재다. 그런 사람은 신만이 만들 수 있다. 그 안에서 대가다움과 지혜로 모든 재능 있는 작품, 예술을 만든다. 죽음이여, 사라져라! 그대는 인간의 적이다. 그래서 그대는 인간의 좋은 점을 한 마디도 말하지 않는다.

악커만, 신의 법정에서 죽음과 논쟁하다

제26장

죽음

　꾸짖고, 욕하고, 원하는 것을 이야기하는 것은 아무리 해도 끝이 없을 것이다. 더군다나 말을 많이 하는 사람과는 말로 다툴 수 없다. 인간이란 지식과 아름다움, 위엄으로 형성되어 있다는 데서 너의 의식이 시작되기 때문이다. 그렇지만 인간은 우리들의 그물을 빠져 나갈 수 없다. 인간은 우리들의 덫에 걸리게 되어 있다. 좋은 표현의 토대가 되는 문법은 예리하고 잘 세공된 말에 아무런 도움이 안 된다. 수사학, 즉 아첨하는 말의 화려한 바탕은 아름답게 채색된 문장들과는 관련이 없다. 논리학, 즉 진실과 진실 아닌 것에 대한 분별 있는 결정은 그들의 교활한 은폐나 진실을 굴절된 길로 인도하는 것과 관련이 없다. 기하학, 즉 지구 탐사자와 평가자 그리고 측량사는 정당한 측량이나 올바른 측정과는 관련이 없다. 산수, 즉 능숙한 정리원의 계산은 청구나 지불, 또 적합한 숫자들과는 관련이 없다. 천문학, 즉 별들의 대가는 별들의 힘이나 위성들의 영향과는 관련이 없다. 음악, 즉 노래와 소리의 잘 정리된 보조수단은 달콤한 곡조, 아름다운 목소리와 관련이 없다. 철학, 즉 지혜의 경작지, 좋은 풍속을 산출하기 위해 자연스럽지 못하거나 자연스런 깨달음에서 연구하고 씨를 뿌리는 것은 그 식물의 완전성과 관련이 없다. 가지각색 유용한 용액을 가진 물리학. 금속을 신기롭게 전환시키는 연금술. 중국이나 인도의 모래 점, 지상에서 제기되는 각양각색의 문제들에, 순환하는 천체의 징표와 위성들의 규칙을 도움으로 이용한 점. 불을 통해 운과 진실을 예언하는 불 점. 근동 지역의 수중, 수면 현상에 의한, 즉 미래의 노출이 물속에서 진행될 수 있다는 예언술. 현세의 사건들을 초현세적인 것으로 설명하는 점성술. 즉 손과 손금으로 운명을 보는 수상술. 죽음과 비밀 표시의 희생자 손가락을 통해서 혼을 예언하는 영매술. 훌륭한 기도문과 강렬한 주문을 가진 음표술. 새(鳥) 언어의 전문가요, 그 언어를 통해 미래 일을 진실하게 예언하는 로마의 점술가. 고대 로마인들 사이에서 제물로 바친 짐승의 내장을 보고 신의 뜻을 점치는 점술가. 제단의 희생물에서 피어나는 연기를 보고 미래를 예언하는 패도만티. 새의 내장을 가지고 점을 치는 오르노만티. 정의와 부정을 곡해하고 그리고 굴절된 판정을 하는 양심 없는 기독교인과는 관련이 없는 법률가. 앞서 언급된 자들과 연결된 이런저런 비결들은 정말로 도움이 안 된다. 모든 인간은 언제나 우리에게 떨어진다. 커다란 빨래통에서 세차게 붐벼져, 빙글빙글 도는 통 속에서 청결하게 된다. 그것을 믿어라, 너 오만한 농부여!

제27장

악커만

악을 악으로 보복해서는 안 된다. 남자는 인내심이 있어야 하고 도덕이 요구된다. 나는 그대가 성급함을 벗어나 침착하게 되었는지, 미덕의 오솔길을 가보고 싶다.

나는 그대가 나에게 아주 충실하게 조언했다고 말하는 것을 듣는다. 그대의 삶이 성실하다면, 나의 삶을 어떠한 태도로 성실하게 꾸며야 할지 단호한 맹세를 하듯 조언을 하라. 나는 이전에 사랑스럽고 유쾌한 부부생활을 영위했다. 지금은 어디로 몸을 돌려야 하느냐? 세속적 상황이냐 아니면 종교적 상황이냐? 그들은 둘 다 열려져 있다. 나는 많은 인간들의 존재를 생각해 보고, 평가해 보고, 주의해서 무게를 달아 본다. 불충분하고 깨지기 쉬운 죄악 속에서 그 모두를 발견한다. 나는 어디로 가야 할지 알 수가 없다. 모든 인간은 노쇠함에 붙들려 있다. 죽음이여, 조언하라! 나는 조언이 필요하다. 그렇게 순수하고 신의 뜻에 맞는 존재는 결코 다시 돌아오지 않는다는 것을 의식하고, 정말로 믿는다. 진정으로 말한다. 이전처럼 부부간의 결혼생활이 이루어진다면, 그 안에서 나는 내 생명이 살아 있는 한 살고 싶었다. 유능한 부인을 가진 남자는 환희에 넘치고, 즐겁고, 기쁘고 그리고 명랑하다. 그런 남자는 그곳에 있어야 한다. 그 남자에게는 먹이를 찾는 것도, 명예를 얻는 것도 즐거움이다. 명예는 명예로, 신뢰는 신뢰로, 선은 선으로 보답되는 것도 그에게는 즐거움이다. 그는 그것에 주의할 필요가 없다. 왜냐하면 훌륭한 부인이 자기 자신을 위해 실행하는, 최상의 보호이기 때문이다. 누군가 그의 부인을 믿고 신뢰할 수 없다면, 그는 끊임없이 걱정 속에 앉아 있어야 한다.

하늘의 주인이시여, 축복의 영주시여, 당신의 순결한 여인을 부여했던 그를 잘 보살펴 주시기 바랍니다! 그는 하늘을 바라보고, 당신을 향해 두 손을 치켜들고 날마다 감사합니다.

최선을 다하라, 죽음이여! 능력이 많은 자여!

제28장

죽음

사람들은 그들이 한 일을 끝없이 찬양하거나 목적 없이 비난하는 버릇이 있다. 찬양과 비난 중 하나를 필요로 하면서 올바르게 선택하는 것은 당연할 수 있다.

너는 결혼생활을 지극히 찬양한다. 그렇지만 우리는 너에게 결혼생활에 관해서 일반적인 것을 말하고자 한다. 남자가 부인을 얻게 되면, 그는 곧 우리의 감옥에 있게 된다. 또한 남자는 의무를, 가족을, 손썰매를, 속박을, 멍에를, 무거운 짐을, 무거운 부담을, 불속에서 일하는 악마를, 날마다 괴로운 짐을 가지게 된다. 우리가 그에게 은혜를 베풀지 않는 한, 그는 법에 따라 그곳에서 벗어날 수 없다. 아내를 맞은 남자는 천둥을, 우박을, 여우를, 뱀을 매일 그의 집에 가지게 된다. 아내는 매일 같이 남자의 역할을 하고자 한다. 남자가 끌어 올리면, 아내는 끌어 내리고, 남자가 이것을 원하면, 아내는 저것을 원하고, 남자가 이쪽으로 가고자 하면, 아내는 저쪽으로 가고자 한다. 그 같은 놀이에 남자는 날마다 넌더리가 나고 성과도 없다. 속이고, 기만하고, 아첨을 떨고, 믿을 수 없는 주장을 하고, 애무를 하고, 사근거리고, 웃고, 우는 것을 아내는 한 순간에 잘할 수 있다. 타고난 것이다. 일에는 약하고, 관능적 쾌락에는 건강하다. 게다가 그녀는 필요한 경우 순종하기도 하고 난폭하기도 하다. 반박을 하기 위해 어떤 도움도 필요로 하지 않는다. 주어진 일을 하지 않기 위하여, 또는 금지된 일을 하기 위하여 끊임없이 노력한다. 이것은 그녀에게 너무 달콤하고, 저것은 그녀에게 너무 신맛이 나고, 이것은 너무 많고, 저것은 너무 적고, 지금은 너무 이르고, 지금은 너무 늦고 ~ 이처럼 모든 것이 비난 일색이다. 그녀의 칭찬을 받으려면 엄청난 노력을 해야 한다. 그래서 칭찬이라는 것도 조롱과 대단히 혼합되어 있다. 결혼생활을 하는 남자에게 중도라는 게 아무 도움이 안 된다. 그가 너무 선량하거나 너무 날카롭다면, 그것 때문에 손해를 당하게 된다. 그가 절반만 선량하거나 날카롭다 해도 중도란 없는 법이다. 항상 손해를 보거나 벌칙을 당하게 된다. 매일 같이 새로운 요구들이나 말다툼이요, 매 주일마다 순종치 않는 낯선 태도나 투덜댐이요, 매 달마다 새로운 비행과 놀라움이요, 매 해마다 결혼한 남자는 새로운 옷이나 싸움을 감수해야 한다. 그가 마치 원하는 것처럼 그것을 해야 한다. 밤마다 겪는 역겨운 일은 모든 것을 비밀로 하고 있다. 그것은 우리에게 부끄럽다. 우리가 훌륭한 여인들을 보호하지 않는다면, 훌륭하지 못한 여인들에 관해 우리는 보다 더 많이 노래하고 말할 것이다. 때문에 너는 무엇을 칭찬해야 할지 알아야 한다. 너는 금을 납과 구별할 수 없다.

제29장

악커만

　　　　　　　　　'여인들을 모욕하는 자는 모욕을
당해야 한다'고 지혜로운 사람은 말한다. 죽음이여, 그대에게
지금 무슨 일이 일어난 것인가? 그대가 하는 비이성적인 여인
모독은 여인들에겐 실례이지만, 얼마나 많이 일어난 일인가?
그대에게는 불명예요, 여인들에게는 수모를 주는 일이다.

　많은 지혜로운 대가들의 작품에서 사람들은, 부인 없이는
어느 누구도 행복의 키를 조정할 수 없다는 것을 발견한다.

　부인과 어린 아이들을 가진다는 것은 현세의 행복에서 결코 적
은 부분이 아니기 때문이다. 그 같은 진실을 가지고 위안을 주
는 로마인 뵈티우스*는 그의 철학에서 '현명한 여인은 기쁨
을 가져다준다'고 말하고 있다. 사상이 풍부하고 뛰어난 모

---

* Böethius(Rom 480년경 ~ Pavia 524년경). 로마 철학자이자 정치가. 『철학의 위안』

든 남자는 그의 교육이 혼자만으로 이루어질 수 없다는 점을 나에게 증언하고 있다. 그것은 여인의 교육을 통해 이루어진 것이다. 말할 것이 있으면 해보라. 정숙하고, 아름답고, 순결하고, 아직 결혼하지 않은 여인은 우리의 눈을 즐겁게 하는 데 최고의 존재다. 나는 진정으로 용기 있는 남자다운 남자를 결코 본 적이 없다. 그는 여인의 격려를 통해 비로소 남자다운 남자가 된다. 사람은 그것을 고귀한 인물들이 모이는 곳에서 매일같이 본다. 광장에서, 저택에서, 경기장에서, 군대의 출정에서 여인들은 최선을 다한다. 여인에게 헌신하는 자는, 악행을 삼가야 한다. 고귀한 여인은 진실한 교육과 명예를 학교에서 배운다. 여인들은 세속적인 기쁨의 힘을 가진다. 여인들은 명예를 위해 교양 있는 행동과 유희를 지상에서 행한다. 순결한 여인의 손가락 위협이 용감한 남자를 무기보다 더 벌을 주고 징벌할 수 있다. 미화해서 말하지 않고 짧게 말한다면, 고귀한 여인들은 온 인류를 양육시키고 번식시키고 안정시킨다. 그럼에도 금 옆에는 납이 있고, 밀 옆에는 선홍초*

---

* 밀밭에서 자라는 독초

가 있고, 모든 동전 곁에는 위조품이 있고, 여인들 곁에는 말 괄량이들이 있기 마련이다. 그럼에도 선한 사람을 나쁜 사람을 위해 보상되어서는 안 된다. 내 말이 틀렸느냐, 이 허풍쟁이여!

제30장

죽음

　　바보는 금덩어리를 집는다고 둥근 유리를 집고, 황옥을 집는다고 뿔을 집고, 루비를 집는다고 조약돌을 집는다. 멍청이는 야외 건초더미를 성으로, 도나우강을 호수로, 말똥가리를 매로 부른다. 그런 식으로 너는 눈에 보이는 즐거움을 찬양한다. 이유는 생각하지 않는다. 왜냐하면 세상에 존재하는 모든 것이 육신의 호기심이거나 아니면 눈의 호기심이거나 아니면 삶의 교만이라는 것을 너는 모르기 때문이다. 육신의 호기심은 관능적 쾌락을, 눈의 호기심은 재물이나 부동산을, 삶의 교만함은 명예를 향하고 있다. 재물은 탐욕을 부르고 쾌락은 순결치 못함을 뜻하고 명예는 교만함과 자만심을 부른다. 재물에 의해 호기심과 공포감에, 쾌락에 의해 악의와 죄악에, 명예에 의해 자만심에 항상 빠지게 된다. 네가 그것을 깨달을 수 있다면, 이 세상 곳곳에서 자만심을 발견하게 될 것이다. 그러면 너에겐 기쁨과 슬픔이 일어날 것이고, 너는 그것을 자발적으로 참고 견딜 것이며 우리를 비난하지 않을 것이다.

그러나 당나귀가 칠현금을 잘 연주할 수 없듯이, 너도 그 진리를 잘 이해할 수 없을 것이다. 때문에 우리는 너를 대단히 우려한다. 우리가 한 마음 한 영혼이었던 젊은 청년 피라무스를 이름다운 처녀 티스베*와 헤어지게 했을 때, 우리가 알렉산더 대왕에게서 세계 지배를 몰수했을 때, 우리가 트로이의 파리스와 그리스의 헬레네를 파멸시켰을 때도 지금 너에게서처럼 그렇게 엄청난 비난을 받지는 않았다. 칼 황제, 빌헬름 후작, 디이트리히 폰 베른, 탁월한 떠돌이 시인 봅페** 그리고 배반당한 지그프리트 때에도 그러한 불만을 가지지 않았다. 아리스토텔레스와 아비체나***경우도 오늘날까지 많은 사람들은 슬퍼한다. 그렇지만 우리는 걱정 없이 남아있다. 강력한 왕 다비드, 지혜의 함(函) 솔로몬 왕이 죽었을 때, 모두는 우리를 욕

---

* Pyramus und Thisbe : 오비디우스의 『변형』에 나오는 사랑하는 연인에 대한 바빌로니아의 전설
** Meister Boppe(1275~87). 알레만 지방의 떠돌이 격언시인
*** Ibn Sina Avicenna(Efschene 980~Hamadan 1037). 이슬람의 철학자 및 의사

하기보다는 고마워했다. 이전에 있었던 것은 모두 지나갔다. 너와 지금 있거나 앞으로 있을 모든 사람은 그들 뒤를 따를 것이다. 그렇지만 우리 죽음은 여기서 주인으로 남을 것이다.

제31장

악귀만

　　　　나는 일방적인 말을 한 사람을, 특히 지금은 이것을, 다음은 저것을 말하는 사람을 무조건 비난한다. 그대는 어떤 것이기도 하고 그렇지만 아무것도 아니라고, 즉 영혼은 아니라고 이전에 말했다. 그대는 삶의 끝에서 모든 세속의 인간들은 그대에게 맡겨져 있다고 말했다. 그런데 이제 그대는 우리 인간은 모두 사라져야 하고 그대 죽음만은 여기에 주인으로 남는다고 말한다. 같은 시간에 두 개의 모순되는 말은 진실일 수가 없다. 우리 모두가 삶에서 벗어나 죽어야 한다면, 그리고 모든 세속적인 삶은 종말을 맞이해야 한다면, 그대가 말한 것처럼 그대는 삶의 종말이어야 한다고 나는 이해한다. 삶이 존재하지 않는다면, 더 이상 죽음도 없을 것이다. 그러면 그대는 어떻게 되는가, 죽음이여? 그대는 하늘에서 살 수는 없을 것이다. 하늘은 오직 선한 영혼들에게 주어지기 때문이다. 그대는 그대가 말한 대로 결코 선한 영혼은 아니다. 그대가 지상에서 더 이상 아무것도 활동할 수 없다면 그리고 지구가 더 이상 존재하지 않는다면, 그대는 곧바로 지옥으로 가야할 것이다. 그곳에서 그대는 끊임없이 끙끙거려야 할 것이다. 그러면 살아 있는 자, 죽은 자가 그대에게 복수하게 될 것이다. 그대의 뒤바뀌는 말을 아무도 똑바로 바로 잡을 수가 없다.

모든 세속적인 것들이 그렇게 나쁘고, 비참하고, 쓸모없이 만들어지고 형성되었단 말이냐? 그런 것을 영원한 창조자는 세상의 시작부터 결코 나무라지 않았다. 신은 지금까지 덕을 사랑하고, 악을 미워하고, 죄를 사하여 주거나 혹은 처벌해왔다. 나는 이후에도 신은 그렇게 하리라고 믿는다. 나는 젊었을 때부터 '신이 모든 것을 창조했다'는 것을 책에서 보고 배웠다. 그대는 모든 세속적인 삶과 존재는 종말을 보지 않으면 안 된다고 말했다. 그러나 모든 것에 몰락이 있다면, 다른 것에는 탄생이 있다는 것을, 모든 일은 반복에 근거하고 있다는 것을,

악커만, 신의 법정에서 죽음과 논쟁하다

하늘과 지구의 운행에서 모든 것이 하나에서 다른 것으로 변화되는 작용으로서 영원하다는 것을, 플라톤과 다른 지혜로운 사람들은 말했다. 그대는 아무도 신뢰하지 않는 흔들리는 말로 내 고소에 겁을 먹고 그만두게 하고자 했다. 그러나 나는 그대를 나의 구세주인 신에게 고소한다, 죽음이여, 이 파괴자여! 신은 그대에게 정당하게 판결을 내릴 것이다!

제32장

죽음

논쟁을 하기 시작한 남자는 그 것을 쉽게 멈출 수가 없다. 그런 남자는 전부 말한 후에야 멈 춘다. 너 역시 그와 똑같이 떠들고 있다. 우리는 말했었고, 지 금도 말하고 있다. ~ 그리고 그것으로 끝을 보고자 한다 ~ 지 구와 지구가 포함하고 있는 모든 것은 무상함에 근거하고 있 다. 이 시간에도 그들은 변화되고 있다. 모든 것이 거꾸로 되 기 때문이다. 뒤의 것이 앞으로 오고, 앞의 것이 뒤로 가며, 밑 의 것이 산으로 올라가고, 위의 것이 계곡으로 내려오기 때문 이다. 많은 사람들이 악을 정의와 뒤바꾼다. 끊임없이 피어오 르는 불꽃 속에서 나는 전 인류에게 분명하게 말해주었다. 그 리고 지상에서 선량하고 신의가 깊고 변함이 없는 친구를 발 견한다는 것은 광선을 붙잡는 것이나 다름없이 어렵다. 인간 은 보다 많이 악으로 기울었다가, 그 다음 선으로 기운다. 누군가가 착한 일을 했다면, 우리가 무서워서 그것을 하게 되는 것이다. 인간들의 모든 행위는 완전히 무가치하게 된다. 그들의 사랑, 부인, 아이들, 명예, 선 그리고 그들의 재산은 사라진다. 한 순간에 그것은 사라진다. 바람 속으로 흩날려 가버린다. 외양도 그림자도 남아 있을 수가 없다. 인간이 지상에서 무엇을 가지고 있는지, 어떻게 그들이 산과 계곡, 주봉과 바위, 들판, 알프스 산맥 그리고 황야, 바다의 지면, 지구의 심연을 지구의 아름다움을 위해 샅샅이 뒤질 수 있으며, 어떻게 그들이 수직갱도들, 지하 통로들, 깊은 구덩이를 땅속으로 들어가 살필 수 있으며, 지구의 광맥을 뚫고 들어갈 수 있으며, 훌륭한 지구를 찾을 수 있는지, 생각해 보고, 깨닫고, 살피고 그리고 관찰하라. 그것들이 흔치 않기 때문에 인간들은 모든 사물들 중에서 그것들에 관심을 갖는 것이다. 인간들은 나무를 베어 벽, 창고, 집을 제비집처럼 이어 붙이고, 과수원을 재배하고 접목시키며, 밭을 갈고, 포도밭을 만들고, 물레방아를 만들어, 이윤을 증가시키고 수산업과 사냥을 하고, 커다란 가축 떼를 한데 몰아넣고, 많은 하인과 하녀를 데리고, 말 위에 높이

앉아 달리고, 금과 은, 보석과 호화로운 의상 그리고 재화를 집과 상자에 가득 싣고, 관능적 쾌락과 황홀함에 몰두하는데, 인간은 그것들을 밤낮으로 쫓아다니고 노린다. ~ 그것이 모두 무엇인가? 모든 것이 공허한 것이며, 영혼의 질병이고, 어제라면 과거인, 그 하루처럼 무상하다. 전쟁과 약탈을 통해 인간들은 그것을 획득한다. 많이 가진 자는, 더욱 더 약탈한다. 싸움을 위해 그리고 불화를 위해 인간은 그것을 유산으로 남긴다. 오, 이 죽을 운명의 인류는 끊임없이 불안 속에, 근심 속에, 괴로움 속에, 걱정 속에, 두려움 속에, 공포 속에, 고통의 날들 속에, 질병의 날들 속에, 애도 속에, 비탄 속에, 참담함 속에 그리고 수많은 번거로움 속에서 살아간다. 한 인간이 세속의 재화를 많이 가지면 가질수록 그 인간은 더욱 더 많은 번거로움을 마주치게 된다. 거기다가 가장 큰 문제는, 언제, 어디서, 어떻게 우리가 인간을 돌연히 덮쳐서, 죽음의 길로 가도록 재촉하려는지 알 수 없다는 것이다. 이 무거운 짐을 주인도 종도, 남편도 아내도, 부자도 가난한 자도, 선한 자도 악한 자도, 젊은이도 늙은이도 져야만 한다. 오, 어리석은 희망이여, 미련한

악커만, 신의 법정에서 죽음과 논쟁하다

인간들이 몇 사람이나 그것을 알까! 비록 늦더라도 알기만 한다면, 그런 인간들은 쓸모가 있을 것이다. 모든 것이 무상하고 무상하며, 그것은 영혼의 괴로움이다.

그러니까 너는 고소를 그만두고, 네가 원하는 신분으로 돌아가면 그 안에서 너는 인간의 결함과 무상함을 발견하리라! 하지만 너는 악에서 몸을 돌려 선을 행하고, 평화를 찾고 지속적으로 그것을 유지하라! 모든 세속적인 것들보다 더 깨끗하고 진실한 양심을 사랑하라! 그리고 우리가 너에게 올바르게 조언했던 것을 가지고 우리 함께 신에게, 영원한 분에게, 위대하고 강력한 분에게 가도록 하자!

신의 판결. 제33장

한 해를 이루는 네 개의 활동자이자 책임자인 봄, 여름, 가을, 겨울은 서로 싸움으로 크게 다툰다. 그들 각자는 좋은 뜻에서 자신을 비바람 속에서, 천둥 속에서, 우박 속에서 그리고 폭풍우 속에서 자랑한다. 그리고 모두가 최선의 활동 속에서 존재한다.

봄은 그가 모든 곡물의 싹을 틔우고 풍요롭게 만든다고 말한다. 여름은 그가 모든 곡물을 여물게 하고 수확할 수 있게 만든다고 말한다. 가을은 그가 곡물을 베어서 창고, 지하실 그리고 집안에 거두어들인다고 말한다. 겨울은 그가 모든 곡물을 소비하고 유용하게 사용하며, 모든 유독한 벌레들을 격멸한다고 말한다. 그들은 각자 자기 자랑을 했고, 격렬하게 다투었다. 그러나 그들은 자신들의 힘만을 자랑했다는 사실을 잊고 있다.

너희 둘도 똑같다. 고소인은 그의 손실에 대해, 마치 그것이 그의 소유물인 것처럼 소송을 제기했다. 그는 그것을 우리에게서 빌려간 것이라는 것을 생각지 않는다. 죽음은 우리에게서 위임을 받았던 그의 힘을 자랑한다. 전자는 자신의 것이 아닌 것을 가지고 고소를 하고, 후자는 자기에게서 나온 것이 아닌 힘을 가지고 자랑한다. 그러나 논쟁에는 전혀 이유가 없는 것은 아니다. 너희 둘은 좋은 논쟁을 벌인 셈이다. 괴로움은 전자에게 고소를 강요했고, 고발자의 비난은 후자에게 진리를 말하도록 했다. 그래서 고발자에겐 명예를! 죽음에겐 승리를 허용하노라! 모든 인간은 죽음에게는 삶을, 다시 말해 지상에서의 육신을 넘겨줄 의무가 있고, 우리에게는 영혼을 넘겨 줄 의무가 있다.

제34장

아내의 영혼을 위한
악커만의 기도

온 세상에서 늘 깨어있는 감시자, 신 중의 신, 지배자들 가운데 지배자여! 모든 초자연적 존재들 가운데 전지전능한 존재, 모든 제후들 중의 제후, 선이 솟는 샘, 성인 중의 성인, 왕들 중의 왕, 포상 가운데 포상을 주는 자, 선제후 중의 선제후, 당신에게 봉사하는 그에게 행운을 주소서! 천사들의 기쁨과 황홀, 최상의 모습을 만드는 주조공, 늙은이이자 동시에 젊은이여. 청을 들어주소서!

오, 다른 빛이 침범을 못하는 빛, 모든 외형의 빛들을 환하게 비쳐 덮거나 흐리게 하는 빛. 그 앞에서 모든 다른 빛이 사라지는 빛. 그와 마주해서는 모든 다른 빛이 어둠이 되는 빛, 그 안에서는 모든 다른 그림자가 밝게 되는 빛. 태초에 "빛이여 있어라!" 하고 말했었던 그 빛, 꺼지지 않고 끊임없이 타오르는 불. 처음이요 끝인 불이여. 청을 들어주소서!

모든 구원 중 구원이요 축복이여. 방황 없이 영생으로 가는 길이여. 그것 없이는 아무것도 더 좋은 것이 없는 가장 좋은 것. 그 안에 모든 것이 살아가는 생. 온갖 진리 중 진리. 온갖 지혜가 주위를 돌아 흐르는 그 지혜. 모든 힘의 지배자. 정당한 손과 부정한 손의 감시자. 결함과 잘못의 구제자. 가난한 자들의 배부름, 병자들의 원기회복. 지극히 높으신 전하의 봉인. 하늘에서 조화의 수호자. 인간들의 생각을 유일하게 식별할 수 있는 자. 인간 용모의 변화하는 초상. 위성 가운데 가장 강력한 위성, 활동하는 천체 중 가장 강력하게 활동하는 영향력. 하늘 정원의 강력하고 환희에 넘친 궁정관. 율법, 그 앞에서 하늘의 질서들이 결코 그들의 영원한 낚시에서 벗어날 수 없다. 빛나는 태양이여, 청을 들어주소서!

영원한 등불이여, 영원히 지속하는 불빛이여. 올바르게 항해하는 선원이여, 그의 배는 결코 가라앉지 않는다. 기수, 그의 깃발 아래 어느 누구도 패할 수 없다. 지옥의 창설자여, 지구의 건립자여. 물결치는 바다의 희미한 빛이여, 불안한 대기의 혼합, 타오르는 붉은 불의 강력한 자여. 모든 요소들의 창조자여. 천둥, 번개, 벼락, 안개, 우박을 동반한 소나기, 눈, 비, 무지개, 식물에서 분비되는 단물, 바람, 서리, 단 하나뿐인 목자의 위대한 힘이여. 강력한 공작의 하늘 군대여. 퇴임될 수 없는 황제여. 부드럽고, 강력하고, 자비스러운 창조주여. 불쌍히 여기시고 청을 들어주소서!

그것에서 보물들이 생기는 그 보물. 그것에서 깨끗한 기원이 흐르는 근원. 어느 누구도 길에서 잘못 인도할 수 없는 지도자. 모든 결함에서 구호자, 꿀벌들이 여왕벌에게 가듯, 그것으로 좋은 일들을 끌어당기고 유지한다. 일의 근원이시여. 청을 들어주소서!

병을 치료하는 의사. 대가 가운데 대가. 창조물들의 유일한 아버지. 모든 종말에 그리고 길에 현존하는 전율. 어머니의 몸으로부터 지상의 무덤까지 스스로 성취한 수행. 형체들의 형성자. 모든 좋은 작품들의 토대. 사랑하는 사람의 순수함, 미워하는 사람의 야비한 언동, 좋은 행동의 보답자. 정당한 판결자.

악커만, 신의 법정에서 죽음과 논쟁하다

유일한 자, 그의 요구는 모든 것을 영원 속에서 결코 피할 수 없다. 청을 들어주소서!

불안 속의 구원자, 누구도 풀 수 없는 굳건한 매듭, 완전성에 영향력이 큰 완벽한 존재, 모든 비밀스럽고 의식할 수 없는 문제들의 참된 인지자, 영원한 기쁨의 기부자, 세속적인 기쁨의 파괴자. 선한 인간들의 주인, 고용인, 동거인. 어떤 흔적도 숨길 수 없는 사냥꾼. 아름답게 주물을 뜨는 모든 의미들. 모든 원형들이 올바르게 결합되어 있는 방법들. 당신을 부르는 자들의 청을 들어 주는 자비로운 분. 청을 들어주소서!

도움이 필요한 자들에게 도움을 주고, 당신에게 희망을 걸고 있는 자들의 슬픔을 바꾸어 주고, 배고픈 자들을 배부르게 하고, 아무것도 아닌 것에서 무엇인가를, 무엇인가에서 아무것도 아닌 것을 만들기 위해 홀로 행하는 직물공이여, 짧은 시간과 긴 시간과 영원한 시간의 전능한 활력자, 유지자 그리고 파괴자, 당신 자신 속에 들어있는 본질 역시 어느 누구도 파악할 수도, 알아챌 수도, 초안을 잡을 수도, 표현할 수도 없습니다. 모든 재화들 중 가장 빼어난 재화. 전지전능한 예수님. 은

혜롭게 그 영혼을 붙잡아 주소서. 본인이 지극히 사랑했던 아내의 영혼을 자비롭게 붙잡아 주소서! 영원한 휴식을 그녀에게 주시고, 당신이 내리신 자비의 이슬로 원기를 주시고, 당신 날개의 그늘 아래 그녀를 보호하소서! 주님이여, 완전하고 넉넉하게 그녀를 받아주소서. 적은 것도 많은 것처럼 넉넉하기 때문입니다! 그녀를 용납하소서! 주님이여, 그녀를 오게 했던 당신 나라의 영원하고 복된 영혼들 곁에 살게 해 주소서!

아내 마르가렛타의 죽음이 한없이 슬픕니다. 그녀에게 베풀어 주소서, 주님이여, 자비심이 많은 주님이여, 당신의 전능하고 영원한 신성의 거울 속에서 자신을 영원히 보고, 살피고 그리고 즐거워하도록, 그 안에서 모든 천사들의 합창이 그녀에게 빛을 비추도록!

영원한 기수의 깃발 아래서 들었던 모든 것을, 그것이 어떤 피조물이든, 기쁨에 가득 차 진심에서 말하도록 충심으로 저를 도와주소서. 아멘!

　　　　　　　악커만, 신의 법정에서 죽음과 논쟁하다

작가와
작품 소개

뵈멘의 초기 인문주의자 요한네스 폰 탭플(Johannes von Tepl(1350~1414))은 오늘날 체코의 뵈멘 지방에 있는 탭플에서 태어나 수도인 프라하에서 사망했다. 젊어서는 한때 요한네스 폰 사츠(Johannes von Saaz)로 불리기도 했다. 상류층에 속하는 시민 가정 출신으로 라틴어 학교를 마치고 프라하대학에서 법학을 공부한 후, 1378년 28세부터 1411년까지 33년간을 사법서사와 공증인 직업을 가졌으며, 1411년에는 프라하 왕궁의 서기장으로 근무했다. 석사 학위를 가지고 법률 업무에 종사하면서 일생을 보냈다.

문학 작가로서 뚜렷한 경력은 없으나 그의 아내가 1400년 8월에 산후욕으로 사망하자 그 죽음에 항의하는 논쟁서를 집필하는데, 이것이 『뵈멘의 악커만Der Ackermann aus Böhmen』이란 제목을 달고 오늘날까지 전해지고 있는 것이다. 완성된 해는 1401년경으로 추정하고 있다. 이 작품은 다음 2가지 면에서 대단히 중요한 의미를 지니고 있다.[*] 우선, 이 작은 논쟁서는 독일 최초의 인문주의 작품이다. 그리고 이 작품은 최초의 신고 독일어 산문작품이라는 점이다.

독일문학에서 1400~1500년 하면 인문주의와 종교개혁이 불꽃처럼 피워 올랐던 시기다. 내세만 바라다보던 중세의 기독교 사상, 즉 신 중심 사상에서 벗어나, 무시되었던 인간의 개성을 다시 찾고, 현세를 긍정하는 적극적인 생활을 건설하려는 인간 중심의 태도가 싹을 틔우고 성장했던 시기다. 그리고 그와 같은 인간성의 존중을 기독교 안에서 추진시킨 것이 바로 종교개혁인 것이다. 이처럼 인문주의와 종교개혁은 지금까지의 인간 생활과 문화 전반을 변화시킨 것이어서 문학에서

---

[*] Gero von Wilpert: Lexikon der Weltliteratur. Band 1, Autoren Stuttgart 1968. S,802

도 일대 전기가 되었다. 신에 대한 논쟁, 신학자와 인문주의자
들의 논쟁은 이후 유럽 사회에 끊임없이 반복되는 역사가 된
다. 프라하대학 총장이자 가톨릭 사제였던 요한 후스(Johann
Huss(1369~1415))가 고위 성직자들의 성직매매를 비판하다가 이
단으로 몰려 1415년 화형으로 죽음을 당하자, 시민들이 이에
의분을 느껴 1419년에서 1434에 걸쳐 일으킨 후스전쟁을 비
롯해서, 네덜란드 인문학자로 어려서 성직자 교육을 받아 사
제가 되었으나 만년에 성직을 포기하고 교회 타락을 비판하
고 성서의 복음정신을 설파하며 종교개혁을 주장했던 에라스
무스(Desiderius Erasmus, 1466 ~1536)와 그의 제자들, 교황청과 맞
서 면죄부 판매를 비판하며 종교개혁을 달성했던 마르틴 루터
(Martin Luther, 1483~1546), 그리고 특히 1618년에서 1648년까
지 일어났던 신교와 구교의 30년 종교 전쟁은 가톨릭을 믿는
왕과 신교를 믿는 시민들과의 충돌로 그 처음은 뵈멘에서 발
생된 것이었다. 이처럼 뵈멘이란 지역은 오늘날은 유럽의 변
두리로 밀려나 있지만 요한네스 폰 뎁플이 살았던 당시에는
의미가 전혀 달랐음을 알 수 있다. 뵈멘왕 요한의 아들이었던

칼 4세(Karl IV. 1316년생, 재위 기간, 1347~1378)는 1347년 신성독일로마제국의 황제로 즉위하여 1348년에 프라하에 독일어권 최초의 카를로바대학을 설립했고, 새로운 시가 건설 등 당시 정치, 경제, 사회, 문화의 중심지로서 토대를 닦는다. 황제 도시로서 국가 경영에 필요한 관청용어의 올바른 형성을 위해 대학은 대단히 중요한 역할을 한다. 이러한 상황에서 황제의 측근인 요한네스 폰 노이마르크트(Johannes von Neumarkt, um 1310 Hohenmaut /Böhmen ~ 24. 12. 1380 Leitomischl/ Böhmen)가 중대한 역할을 하게 된다. 그는 칼 4세가 황제로 즉위한 1347년부터 왕궁의 보좌신부로, 또 그의 비서이자 공증인으로, 1353년부터 1374년까지는 그의 궁내관으로 오랜 세월을 근무했다. 이 기간 그는 라틴어 번역을 통해 신고독일어 문어체 발전을 위해 많은 노력을 기울인다. 비록 독자적인 창작은 아니지만 번역을 통해 문학정신을 일깨우고 인문주의의 국어 순화 및 보호를 위해 국가적인 힘을 경주하고, 이탈리아 초기 인문주의자들의 최신 편지체 어록을 새로운 공문체로 수용하게 된다. 또 찬미가의 산문체로 된 독일 기도문 모음집을 저술하기도 한다. 이러한 업적들로 그는 비록 관리이기는 했지만, "알프스 북부의 최초 인문주의자, 뵈멘 인문주의들 네스 폰 노이마르 크트의 제자로 인문주의 시대상황과 매우 밀접한 관계에 있음을 알 수 있다. 신고 독일어 순화를 위해 대단히 중요했던 카를로바대학은 이후 위에서 살펴 본대로 종교개혁가 후스가 총장으로 있으면서 체코민족의 교육기관으로 만들려고 힘썼으나, 교회제도를 비판하다가 화형에 처해져 1419년 후스 전쟁이 일어났는데, 민족주의 운동 성격을 띤 이 전쟁의 여파로 체코민족과 독일민족의 대립이 격화되어 쇠퇴하게 된다.

뵈멘은 오늘날 체코공화국을 가리키는 말로 유럽의 변방으로 밀려나 있지만 14~5세기에는 룩셈부르크왕가와 뵈멘 왕요한의 결혼으로 중부 유럽의 제일가는 강국이었다. 그의 아들 칼 4세(Karl IV. von Luxemburg)는 뵈멘의 프라하에서 1316년에 태어나 1347년 신성독일로마제국의 황제에 즉위했고, 그가 죽자 1378년에 그의 아들 벤첼(Wenzel von Luxemburg, 즉위, 1378~1400)이 뒤를 이어 황제에 오른다. 칼 4세는 1348년에 프라하에 독일어권 최초의 카를로바대학을 설립했고, 이 대학은 국가 경영에 필요한 관청용어의 올바른 형성을 위해 대단히 중요한 역할을 한다. 이러한 상황에서 황제의 측근 궁내관(宮內官)의 임무를 수행했던 요한네스 폰 노이마르크트(Johannes von Neumarkt, 1310경~1380)가 중대한 역할을 하게 된다. 그는 비록 관리이기는 했지만, 알프스 북부의 최초 인문주의자, 뵈멘 인문주의자들의 중심 인물로 존경을 받고 있었다. 요한네스 폰 탭플은 바로 이 요한네스 폰 노이마르크트의 제자로 인문주의 시대 상황과 대단히 밀접한 관계에 있음을 알 수 있다. 중세의 기독교 사상에서 무시되었던 인간의 개성을 다시 찾고, 현세를 긍정하는 적극적인 생활을 건설하려는 인간 중심의 태도가 싹을 틔우고 성장했던 시기로 뵈멘은 아주 중요한 선진 도시였던 것이다. 참고로 독일어권에서 두 번째로 오래된 대학은 황제 칼 4세의 사위인 오스트리아왕 루돌프 4세가 장인의 프라하대학을 보고 세운 비인대학(1365년)이다.

다음과 같은 헌정서를 발견했다. 그 편지는 이전에 거의 일반적으로 받아들였던 것처럼, 작가 이름이 Johannes von Saaz가 아니라 Johannes von Tepl이라는 것을 그리고 Tepl은 고유한 성이 아니고 출신지 명칭이라는 것을 알 수 있다. 1428년은 표현의 실수로 여겨진다. 모음집들 속에 들어 있는 작품들은 1404년보다 더 늦은 것은 없다.*

---

* 1933년 콘라트 요셉(Konrad Josepf)이 언어 모범서의 어느 모음집 (Sammlung von Sprachmustern)에서 요한네스 폰 텝플이 남긴다 Jahannes von Tepl : Der Ackermann und der Tod. Übertragung, Anmerkungen und Nachwort von Felix Genzmer. Stuttgart(Reclam 7666). 1984. S.78.

헌정서

최근 저술된 작은 책 악커만과 함께

프라하 시민, 페터 로테르 씨에게 드리는 편지.

친절한 분에게 친절한 분, 헌신한 분에게 헌신하는 분, 동료
에게 동료인 분, 프라하 시민인 패터 폰 테플에게 자츠시민인
요하네스 폰 테플이 다정하고 형제 같은 사랑을 보냅니다.

우리 남자들을 생기발랄한 젊음 속에서 결합시켰던 사랑
은, 당신을 회상하면서 위로를 드리고, 당신이 최근에 Z에 관
한 Me를 통해 신앙심을 불러일으키는 화법으로 지었던 새로
운 작품을 상기하고 치하 드립니다. 거기서 나는 충분한 수확
을 하지 못하고 이삭만을 읽었습니다. 나도 당신에게 이 손질
하지 않는 그리고 조잡한, 독일어로 된 허튼소리로 편찬된 졸
작을 증정합니다. 이것은 대장간의 받침대에서 막 나온 것입

니다. 그 안에는 그렇지만 커다란 태마로 죽음의 피할 수 없는 운명에 대한 공격이 묘사되어 있습니다. 그 안에 화법의 근본적인 것이 표현되고 있습니다. 여기 긴 테마가 짧게 요약되어 있기도 하고, 짧은 테마가 길게 늘여져 있기도 합니다. 여기에는 여러 사건들이, 심지어는 동일한 것, 칭찬과 비난이 포함되어 있습니다. 여기에는 짧게 끊은 문장구성, 균형을 이루고 있는 표현력, 깊은 의미를 가진 다의성(多義性)을 발견할 수 있습니다.

여기에는 문장부분들, 문장성분들, 부결문(附結文)들이 새로운 문체로 도도히 흐르고 있습니다. 여기에 그들은 곧 한 곳에 머무르기도 하고, 곧 줄을 지어 전진하기도 하면서 서술되어 있습니다. 그림말이 그들의 역할을 했고, 설명은 공격도 하고 그리고 진정도 시키고, 이로니(반어)는 미소 짓고, 단어와 문장의 치장은 수사학적 표현과 함께 널려있습니다.

또한 많은 다른 것들은 우리들의 부족한 어휘에서 비록 잘 정돈되지 않았다 해도 여기서 이야기되는 여러 기교들을 주의 깊은 독자들은 발견하게 될 것입니다. 마지막으로 내 불모의 경작지에서 생성된 라틴어 이삭들은 당신의 기분을 상쾌하게 돋울 것입니다.

1428년 축복의 바르톨로메우스날 전날 나의 인장(印章)으로 확인해서 보내드립니다.

악커만, 신의 법정에서 죽음과 논쟁하다

악커만, 신의 법정에서 죽음과 논쟁하다

초판인쇄 2006년 1월 27일 / 초판 2쇄 발행 2017년 10월 10일 / 개정 초판 발행 2020년
2월 15일 / 저자 요하네스 폰 텝플 / 옮긴이 윤용호 / 펴낸곳 도서출판 종문화사 / 편집·디자
인 IRO / 인쇄·제본 천일문화사 / 출판등록 1997년 4월1일 제22-392 / 주소 서울 은평구
연서로34 길2 3층 / 전화 (02)735-6891 / 팩스 (02)735-6892 / E-mail jongmhs@hanmail.
net / 값 12,000원 / © 2020, Jong Munhwasa printed in Korea / ISBN 979-11-87141-
55-6 (03850)